Cartas perdidas pelo caminho

Cartas perdidas pelo caminho

Graciela Mayrink
AUTORA DE ATÉ EU TE ENCONTRAR

Bambolê

Copyright dos texto @ Graciela Mayrink, 2024
Direitos de publicação @ Bambolê Editora, 2024
Diretora editorial: Juliene Paulina Lopes Tripeno
Editora executiva: Mari Felix
Capa: Crislayne Vitória
Revisão: Du Prazeres
Projeto gráfico e diagramação: Thainá Brandão

Dados Internacionais de Catalogação na Publicação (CIP)
Ficha catalográfica elaborada pela bibliotecária
Aline Graziele Benitez - Bibliotecária - CRB-1/3129

Mayrink, Graciela
    Cartas perdidas pelo caminho / Graciela
Mayrink. -- 1. ed. -- Rio de Janeiro :

    ISBN 978-65-86749-69-4

1. Romance - Literatura infantojuvenil
I. Título.

24-221097   CDD-028.5

ÍNDICE PARA CATÁLOGO SISTEMÁTICO

1. Romance : Literatura infantojuvenil 028.5
2. Romance : Literatura juvenil 028.5

Para minha irmã, Flávia,
Que sempre esteve ali, por mim,
e sempre caminhou ao meu lado,
sem nunca deixar que
eu me perdesse pelo caminho.

Querido diário,

Que coisa mais ridícula!

Vamos lá, eu prometi para a Dra. Patrícia que vou me esforçar.

Oi, Samuel... Droga, por que você me abandonou?

Tem pouco mais de seis meses e parece que foi ontem. Sempre vai parecer que foi ontem. Será que um dia vai parar de doer?

A Dra. Patrícia diz que um dia vai amenizar e sentirei uma saudade boa, ainda que sofrida. Acho que ela está errada, mas como ela é a minha psicóloga, então eu tenho que fingir que concordo.

Tenho fingido muito ultimamente. Meu pai andou até um pouco preocupado comigo, acredita? É uma droga que você precisou ir embora para ele se preocupar. Mas claro que não foi ao ponto de comentar algo com Ela. Papai diz que é o jeito Dela, que são coisas da minha cabeça, aquelas baboseiras todas que sempre falou.

Mas, pelo menos, ele se mostrou disposto a pagar uma psicóloga para mim. Não sei se ficou com medo, você sabe... de eu te acompanhar. Eu quis, às vezes sinto que ainda quero. Mas tenho tentado não pensar nisso. E foi bom ele pagar porque eu precisei largar o emprego. Sim, não me xinga. Não tinha condições de trabalhar chorando a cada três minutos.

Nossa, ainda parece meio ridículo escrever isso tudo, mas a Dra. Patrícia disse que seria um bom exercício fazer um diário. Só que não consegui escrever aleatoriamente em um caderno, então resolvi tentar em uma carta como se fosse você quem está lendo. Espero que esteja. Você consegue ler cartas daí? É como é aí? Você bem que podia me visitar para contar, né? Você sempre me contou tudo.

E eu sempre te contei tudo. E agora não tenho mais ninguém para contar. Só essa folha estúpida de papel. Aposto que ela está rindo de mim por dentro, se é que folha tem um "dentro".

Estou fugindo do assunto, né? Bom, é a minha primeira carta, prometo que vou tentar melhorar. Será que você ainda quer continuar sabendo das coisas que acontecem na minha vida? Como se a minha vida fosse tão agitada assim ha ha ha está cada vez mais triste sem você aqui.

Droga, Samuca, nunca vou te perdoar por ter me abandonado.

Como vou continuar sem você? Como vou sobreviver a Ela sem você ao meu lado, me ajudando?

Era para eu não ter deixado você ir embora, mas até nisso Ela teve que interferir. Droga, Ela sempre interfere. A Dra. Patrícia disse que eu preciso tentar lidar com as minhas emoções. Eu disse que não tenho muitas emoções, só "triste" e "lixo", e ela falou que eu admitir isso já é um progresso. E que "lixo" não é uma emoção, mas ela está errada porque é sim.

Você ia gostar dela.

Acho que gosto dela. Ainda não me decidi.

Te amo

Capítulo 1

Os momentos de definição das nossas vidas deveriam ser mágicos.

Pelo menos era o que Alexandre pensava, estirado no chão, enquanto a chuva começava a molhar a sua roupa. Sempre acreditou que a sua vida mudaria em um dia especial, uma grande revelação aconteceria, uma guinada lhe seria apresentada. Guinada? Não, epifania.

— Epifania? Que palavra feia — disse, para si mesmo.

Qual o sinônimo mais bonito para ela?, pensou. *Revelação?*

Bem, qualquer coisa similar, o que importava era que ele esperava ser algo mágico. Tudo bem que chovia, o tempo estava nublado e cinzento, com aquele ar de nostalgia, então alguém poderia dizer que o momento era poético. Isto se ele não estivesse esparramado no chão, com as costas doendo e gemendo de dor.

Uma gota caiu em sua testa. E outra, e outra, e outra. Sabia que precisava se levantar com urgência, antes que alguém passasse por ali e o visse, mas suas costas ainda doíam e ele mal conseguia se mexer. A chuva aumentou, e Alexandre desviou o rosto para o lado, evitando as gotas. Foi quando tudo mudou.

O Momento da Epifania.

Ele viu o pedaço de papel, enfiado em um pequeno buraco embaixo do banco. Era um lugar muito escondido, só conseguiu ver porque caíra bem ali. Até pensou que estava enxergando errado, por causa da vista embaçada pela chuva.

Estendeu a mão para tocar na ponta do papel que estava para fora do buraco, e percebeu ser uma folha enrolada em formato de um canudinho fino.

Alexandre puxou a folha e abriu com cuidado, ainda deitado no chão. As costas continuavam doendo, embora a mochila tivesse amortecido a maior parte do impacto da queda. Nunca mais correria pela universidade em um dia de chuva. Ainda bem que não havia muito movimento por aquele caminho, porque a cena deveria estar ridícula: ele estirado no chão, com os braços enfiados embaixo de um banco de concreto. Alexandre desenrolou o papel com cuidado para ver uma letra redonda. Parecia uma carta.

Ao ouvir vozes próximas, guardou o papel dentro da mochila ao se levantar, tomando cuidado para não molhá-lo. Não queria ficar conhecido por toda a universidade como o cara que caiu no chão. Não que se importasse com o que os outros pensavam a seu respeito. A vida era mais importante do que essas pequenas besteiras, como diziam algumas mensagens motivacionais que já vira na internet. Nunca parara para se preocupar com a opinião que as pessoas tinham sobre ele, mas o *"cara que caiu no chão"* não seria uma boa.

Até imaginou que seria legal ser conhecido por alguma coisa naquela grande universidade. Ter um apelido, uma referência. Igual o Greg, em *Diário de Um Banana,* quando ele tocou no queijo. Foi um queijo? E por que ele tocou? Qual era mesmo o problema do queijo? *E por que eu estou pensando nisso agora?* A única coisa que se lembrava era de que todos na escola souberam quem era o Greg.

Será que seria legal todos na universidade saberem quem ele era?

Limpou a calça jeans e agradeceu por não ter sujado muito. Checou as horas e viu que estava atrasado para a aula.

— Droga, vou precisar correr de novo.

O apartamento estava silencioso, como sempre ficava durante o dia. Era o momento que Júlia mais gostava, quando o pai e a irmã estavam fora, trabalhando. Além de ter a casa toda para si, não precisava lidar com o olhar interrogativo da irmã, nem suas palavras duras. Naquelas horas, Júlia podia ser apenas ela.

Deixou a mochila no chão do quarto e tomou um banho quente, para limpar qualquer sujeira trazida da rua. Queria limpar também a sua alma, mas ainda não conseguira ir tão fundo. Ficou parada, debaixo do chuveiro, com a água escorrendo pelos cabelos, e se permitiu chorar. Chorou até não aguentar mais.

Voltou para o quarto e não deitou na cama, ou então dormiria. Ela sempre queria dormir, para fugir da vida, dos problemas, da saudade. Mas deixaria para fazer isso quando a irmã voltasse do trabalho. O objetivo era ficar o mínimo de tempo possível em sua presença.

Serviria o jantar que o pai traria da rua, como todos os dias, voltaria para o quarto para comer sozinha, enquanto a irmã iria para o dela e o pai assistiria televisão na sala. Depois, ela lavaria a louça e cairia na cama. Dormiria logo ou fingiria já ter pegado no sono, tudo para evitar a irmã.

Tudo para evitar Leonor.

As noites na casa da família Vargas eram sempre agitadas. Eles tinham um sistema de rotação na cozinha, que funcionava desde sempre. Cada dia da semana, dois deles eram os responsáveis pelo cardápio, e os outros comiam sem reclamar.

Cristina e Renata estavam na sala, apenas escutando as vozes de Alexandre e Sérgio, e alguns barulhos também, vindo da cozinha.

— Eu amo quando é o dia do seu pai e do seu irmão prepararem o jantar — sussurrou Renata, deitada no sofá.

— Você sempre fala isso. — Cristina sorriu. Ela mexia no celular, sentada com os pés para cima, em uma poltrona confortável.

— Sim, eu sei. Mas é tão bom ficar aqui, de pernas para o ar, enquanto os dois estão ocupados com o fogão.

Não demorou muito e Sérgio veio da cozinha, com uma travessa nas mãos.

— Os canapés estão prontos — disse ele, colocando a travessa no centro da mesa.

— Canapés? — questionou Cristina, se levantando e olhando os pedaços de pão de forma cortados em pequenos quadrados. — Você só jogou, por cima do pão, o resto do creme de parmesão que eu fiz ontem.

— Não vou deixar o creme estragar, né? — Sérgio piscou o olho para a filha.

— Você está trapaceando, querido — comentou Renata, ainda deitada no sofá.

— Foi ideia do Alexandre. — Ele se defendeu.

— Mentira! — gritou Alexandre, da cozinha.

— Bom, deixa eu trazer o resto da comida — disse Sérgio, saindo rapidamente.

— Não dá para eles ficarem usando as sobras do que fazemos — resmungou Cristina, pegando um canapé.

— Vamos ver o que vem pela frente, mas é um assunto a ser debatido — concordou Renata.

Após o jantar, Alexandre foi até o quarto da irmã. Ele a encontrou na cama, encostada em algumas almofadas, lendo *O Caderno de Maya*, da Isabel Allende. Os cachos pretos estavam presos em um coque, no alto da cabeça.

— Você conheceu algum Samuel na universidade? — perguntou ele, se sentando na beirada da cama da irmã, que desviou os olhos do livro de sua autora favorita.

— Não. Que curso ele faz?
— Não sei, só sei que não está mais na faculdade.
— Ele trancou a matrícula?
— Não sei.
— Se mudou?
— Não faço ideia.
— Por que quer saber?

Alexandre não respondeu de imediato. Ele ponderou se contava ou não para a irmã sobre a carta que encontrara mais cedo, mas não sabia basicamente nada sobre a pessoa que escreveu ou sobre o tal Samuel.

Passou as mãos no cabelo, enquanto decidia o que falar.

— Só curiosidade. Ouvi o nome dele e que não está mais na faculdade, aí quis saber quem era e o motivo de ter ido embora. Mas não sei nem se ele estudava na Universidade da Guanabara

— Você é um cara estranho — disse Cristina.
— Talvez.

Alexandre se levantou e voltou para o quarto. Pegou novamente a carta e a releu, mais uma vez. Já havia lido quatro vezes. Não sabia o que pensar, nem se quem escrevera era um homem ou uma mulher, qual o relacionamento que Samuel tinha com a pessoa e o que tudo aquilo representava. A única certeza que tinha era que aquela pessoa estava sofrendo e se sentindo sozinha.

E ele queria ajudar.

Ele sempre queria ajudar.

Oi, Samuel,

Sou eu de novo.

Ainda não me acostumei com isso.

Queria você aqui. Todas as vezes vou escrever isso.

Hoje foi um daqueles dias. Novamente, Ela fez algo. Ela sempre faz algo. Ela nunca vai parar de fazer algo?

Estava saindo para a universidade e ela tocou no meu cabelo. Não tocou, ela pegou uma mecha do meu cabelo com força, me encarou e disse:

Seu cabelo precisa de uma hidratação.

Assim. Sem mais nem menos. Como se eu tivesse perguntado o que ela achava do meu cabelo. Como se eu me importasse em como está o meu cabelo.

Quase dei uma resposta desaforada, mas isso só ia levar a uma discussão e falaríamos coisas das quais não poderíamos voltar atrás.

E eu sei que era o que Ela esperava. Nossa, Ela ia amar eu retrucar e falar algo. Não ia dar este gostinho a Ela.

Sabe, tenho me afastado cada vez mais. Ela não dá abertura, não mostra que quer mudar. A Dra. Patrícia sempre diz que eu preciso tentar, mas não tem como funcionar se apenas EU tentar. Ela não parece disposta a tentar. E sempre serei a irmã ingrata, por não reconhecer tudo o que ela já fez por mim, e a culpada pela mamãe ter ido embora, não importa o que eu faça.

Queria você aqui, me dizendo o que fazer.

Te amo.

Capítulo 2

Existem várias lanchonetes e dois restaurantes na Universidade da Guanabara, mas o local mais frequentado é a Lanchonete da Dona Eulália, como todos chamam o lugar, se referindo à dona dele.

Eulália é uma mulher na casa dos quarenta e tantos, que já teve uma vida tranquila e depois sofreu com os problemas causados pelo marido, mas nunca deixou de ter uma palavra amiga para cada universitário que procurou seus conselhos.

Nas mesas que ocupam o espaço que fica entre os prédios de Direito e Engenharia Civil, os alunos passam o tempo conversando, fazendo algum lanche ou estudando para as próximas provas.

Era onde Alexandre e Luiz esperavam Cristina. Eles haviam combinado de almoçar por lá, mas ela estava atrasada.

— E aí, vamos fazer algo no fim de semana? — perguntou Luiz.

— Sim. O que sugere? — Alexandre checou o celular, para ver se havia alguma mensagem da irmã.

— Praia?

— Você é muito previsível.

O celular dele apitou.

TINA

Já estou chegando, não almocem sem mim

— É a Tina? — quis saber Luiz, um pouco mais empolgado do que deveria, mas Alexandre não percebeu.

— Sim, ela já está vindo. — Alexandre deixou o celular na mesa e se espreguiçou. — Você conhece algum Samuel? Acho que ele estudou aqui.

— Não, acho que não. Que curso ele fazia?

— Não sei. Não sei nada sobre o cara, só acho que estudou aqui e não estuda mais. Nem sei o motivo de ele ter ido embora.

— Hum... Se souber algo, te aviso — comentou Luiz.

Alexandre ficou feliz pelo amigo não perguntar mais nada. Ele adorava o fato de Luiz ser a pessoa menos curiosa do mundo.

Cristina se aproximou dos dois um pouco eufórica.

— Ainda bem que não fizeram o pedido antes de eu chegar — disse ela, colocando a bolsa e os cadernos em uma cadeira vazia, e se sentando em outra.

— Já sabe o que quer? — perguntou Alexandre.

— O que vocês vão pedir?

— Que tal uma pizza? — sugeriu Luiz, analisando o cardápio.

— Eu queria batata frita... — disse Cristina.

— Então pizza e uma porção de batata frita — disse Luiz, fechando o cardápio.

Alexandre se levantou e foi até o balcão fazer o pedido, acompanhado de Luiz. Quando eles voltaram para a mesa, Cristina digitava no celular.

— O que vamos fazer no fim de semana? — perguntou Alexandre, para a irmã, se sentando.

— Praia, né?

— Vocês dois só querem saber de praia. Podíamos fazer algo diferente — sugeriu Alexandre.

— Como ir ao Corcovado? O que fazemos sempre? — ironizou Cristina. — Você ama reclamar que a gente só quer praia, mas você só quer ir ao Corcovado, Alex.

— Lá é legal. E vocês gostam, também — comentou Alexandre.

— Eu adoro o Corcovado, é um dos melhores bares da cidade — completou Luiz.

— Ok. O que vocês quiserem, eu topo. Estou sem ideias — disse Cristina.

— Acho que quero só praia. — Luiz deu de ombros. — E um chope no final do dia no Corcovado. E batata frita para esta garota aqui. — Ele indicou Cristina, que jogou um beijo.

— Então praia, chope e batata. Meu Deus, todo fim de semana vocês querem a mesma coisa — disse Alexandre, rindo.

— Somos previsíveis — comentou Cristina, piscando o olho.

A noite chegou, e Júlia se manteve no quarto até o pai avisar que já estava em casa, e trouxera o jantar. Ele comprara nhoque ao molho pesto, e ela serviu um pouco e voltou para o quarto.

Após comer, pegou o esmalte novo, que comprara de tarde. Quando estava quase terminando de pintar as unhas, ouviu uma batida na porta, que se abriu em seguida. Antes mesmo de Leonor entrar, Júlia já sabia quem era. A irmã nunca esperava que ela avisasse que podia entrar no quarto.

Júlia detestava isso, já tivera diversas brigas, onde argumentava que precisava de privacidade e do seu espaço. Uma vez, deixara a porta trancada e foi um escarcéu. Leonor dizia que a criara e poderia entrar naquele quarto a hora que quisesse, afinal, era praticamente uma mãe para a garota. A chave sumiu e Júlia nunca mais conseguiu trancar a porta.

O pai, como sempre, não fizera nada.

— Vê se não demora para dormir porque tem aula amanhã cedo — disse Leonor.

Júlia se controlou para não revirar os olhos. Ela sempre fora uma excelente aluna, nunca dera trabalho na escola. Agora, estava na faculdade e já demonstrara várias vezes ser uma pessoa responsável, mas a irmã insistia em tratá-la como uma criança.

— Eu sei — respondeu Júlia, sem olhar Leonor, concentrada na unha que pintava de preto.

— Que cor péssima de esmalte que você escolheu. Vai ficar parecendo que enfiou as mãos em uma lata de piche.

— Que saco! — gritou Júlia. Ela vinha se controlando há dias com todos os comentários que a irmã fazia. — Nem escolher a cor do meu esmalte eu posso mais?

— Pare de gritar. Parece uma maluca — gritou Leonor, mais alto.

— O que está acontecendo? — perguntou Tadeu, atordoado, chegando no quarto.

— É a sua filha, que é uma ingrata e só sabe me tratar mal — disse Leonor.

— É a sua filha, que só sabe criticar tudo o que eu faço, falo e visto — retrucou Júlia.

Tadeu deu um longo suspiro.

— Vem, vá se deitar, já está tarde e amanhã você tem que trabalhar — disse ele, puxando Leonor, que saiu resmungando. O pai olhou Júlia. — Você precisa ter mais paciência com a sua irmã.

Ele fechou a porta do quarto antes que a filha pudesse falar qualquer coisa. Júlia sentiu uma lágrima escorrer pela bochecha, chateada pelo pai sempre ficar do lado de Leonor.

Ela se levantou e foi até o armário, guardar o esmalte. Olhou as unhas pintadas de preto. Ficaram perfeitas e ela tentou sentir orgulho disso, mas só sentiu raiva.

Antes de voltar para a cama, se olhou no espelho que havia na parede e sorriu. Soube exatamente o que fazer no dia seguinte, após a aula.

A irmã ia ter um ataque.

Depois que encontrara a carta misteriosa, Alexandre passou a ir até o banco todos os dias, para ver se havia alguma outra. Não encontrara mais nada e já estava desistindo, até aquela sexta-feira, quando viu um novo papel enfiado no pequeno buraco.

Com o coração disparado, pegou a carta e a leu. Ficou tentado a colocá-la em sua mochila e levar para casa, igual fizera com a anterior, mas o medo de a pessoa parar de usar o buraquinho, como um esconderijo para seu desabafo, falou mais alto. Se todas as vezes que fosse lá, colocar uma nova carta e não encontrasse as anteriores, poderia desconfiar que alguém as estava pegando.

Alexandre tirou uma foto da carta e sentiu um aperto no peito. Sabia que era errado, estava invadindo a privacidade de alguém que não fazia ideia de quem era, mas também queria saber mais sobre aquela pessoa, que agora descobrira ser uma garota.

"Irmã ingrata". As palavras dela ficaram ressoando por sua cabeça. Pelo quê ela estava passando? Quem era Samuel? Seu namorado? Por que ele fora embora e não falava mais com ela? Ou será que ainda se falavam, mas ela colocava ali, naquelas cartas escondidas, coisas que não poderia dizer a ele em voz alta?

Alexandre conseguia sentir a dor e a solidão daquela menina misteriosa através de suas palavras. E a vontade de saber quem ela era, de se aproximar e abraçá-la e falar que tudo ia ficar bem, cresceu ainda mais. Alexandre sabia que tudo ia ficar bem, mesmo que ela ainda não soubesse, porque ele faria de tudo para que ficasse bem.

Só precisava descobrir quem ela era, e Samuel era a chave para isto.

Mas quem era Samuel, afinal?

Júlia esperou dar a hora da família estar em casa para voltar. Ela preferia chegar cedo e ficar no quarto, evitando o máximo possível encontrar a irmã. Mas naquele dia, queria fazer uma entrada triunfal.

Ela passou a adolescência sonhando com filmes, séries e livros onde um personagem fazia a sua entrada triunfal. E se lembrou de quando lera *Sempre em Frente*, da Rainbow Rowell, e Baz fizera a sua ao voltar para Watford, deixando todos os alunos no refeitório o encarando. Júlia amara a cena, foi a forma perfeita de apresentar aquele personagem marcante, e sempre quisera fazer algo similar. Só que nunca tivera a chance de uma entrada espetacular. Nunca fizera uma e agora merecia isso.

A irmã ia surtar.

Ela colocou a chave na fechadura da porta e entrou. Tadeu e Leonor conversavam na cozinha, e Júlia respirou fundo e foi até lá. O pai foi o primeiro a vê-la e arregalou os olhos, mas sorriu, o que era um bom sinal.

Quando a irmã se virou, a casa caiu.

— O que você fez com o seu cabelo? — gritou Leonor, e Júlia podia apostar que até o porteiro escutara. — Está maluca?

— Ficou bom — disse Tadeu. — Está diferente, mais...

— Não acredito que você pintou o seu cabelo da mesma cor que o meu!

Leonor avançou em direção a Júlia.

Para surpresa da garota, o pai segurou a irmã.

— Calma, Leonor.

— Eu gostei e é o que importa. E papai também gostou — disse Júlia.

— Você é uma invejosa! Como teve coragem de descolorir igual ao meu? E o seu cabelo sempre fica melhor castanho — gritou Leonor.

— Ué, você mesma falou que ele estava seco, precisando de uma hidratação. Foi o que fiz, e aproveitei para mudar a cor e dar uma variada no visual — disparou Júlia, saindo da cozinha.

E pronto. Leonor foi atrás dela, se soltando do pai e gritando ainda mais, se é que isso era possível.

— Você é uma desaforada! Não sei como ficou assim, com a educação que te demos.

— Calma, Leonor — repetiu Tadeu, tentando controlar a filha. Ele olhou Júlia. — Fique no quarto até ela se acalmar.

— Não sei o motivo de tanto escândalo, se eu enjoar, é só voltar para o castanho. Que droga, não posso nunca mudar a cor? É o meu cabelo, eu decido a cor que ele deve ter — gritou Júlia, antes de fechar a porta do quarto, desejando agora ter uma chave para se trancar e não sair de lá tão cedo.

— Isso, vá e fique no quarto até o cabelo crescer e você voltar a ser morena de novo — gritou Leonor, através da porta.

Júlia podia ouvir, ao longe, a voz de seu pai tentando acalmar a irmã.

Ela se deitou na cama, sorrindo e se sentindo forte, como há tempos não se sentia.

Samuca, os últimos dias foram catastróficos!

Para variar, tivemos uma discussão na quinta de noite, eu e Ela. Algum comentário idiota sobre a cor do esmalte que escolhi para pintar as unhas. Que tipo de irmã critica o esmalte da outra? Só Ela.

Aí virou uma discussão porque não aguentei mais. Claro que o meu pai não fez nada, apenas tentou colocar panos quentes e defendê-la.

Eu fiquei com muita raiva. MUITA.

E sabe o que eu fiz? Sim, isso mesmo que você está pensando.

Na sexta, fui ao mesmo salão que ela frequenta, e pintei as minhas longas mechas de loiro ha ha ha ha Ela quase teve um treco quando eu cheguei em casa, com o cabelo da mesma cor do Dela. Precisava ver a cara Dela! Parecia que ia aí te encontrar.

Você deve se lembrar de como Ela é, né? Nunca deixou que eu pintasse ou cortasse mais que dois centímetros do meu cabelo, quando eu era mais nova, sempre me colocando medo, falando que se cortasse muito curto ia ficar feia e ninguém ia olhar para mim, e que meu tom de pele e meu rosto não combinavam com outra cor além da castanha, original de nascença e que sempre tive (ok, sei que é tudo a mesma coisa).

Não sei de onde saiu tanta coragem para fazer o que fiz, depois de anos receosa, mas acho que cheguei ao meu limite. Agora que você não está aqui, não me importo com mais nada, não estou preocupada se alguém vai olhar ou não para mim. Nada mais importa.

Enfim, agora preciso ficar retocando a raiz toda vez que o cabelo começar a crescer, mas valeu a pena só pela cara impagável Dela.

Ha ha ha ha ha

P.S. 1: A Dra. Patrícia tem razão: escrever está me fazendo bem. Estou descobrindo um lado sombrio que não conhecia. Leonor que me aguarde (risadas maquiavélicas sonoramente altas).

P.S. 2: no dia em que deixei a outra carta aqui, a primeira não estava mais. Acho que a chuva a levou embora. Espero que tenha se desfeito toda e ninguém tenha lido.

Capítulo 3

Na Avenida do Pepê, em frente à Rua Noel Nutels, fica um dos pedaços de areia mais disputados da Barra da Tijuca. De segunda a segunda, o movimento é grande, seja por parte de cariocas, seja de turistas.

A Barraca do Pepê, carinhosamente chamada apenas de Pepê em homenagem ao seu fundador, o esportista Pedro Paulo Guise Carneiro Lopes, está ali, no calçadão da Barra, desde 1983, vendendo sanduíches naturais, sucos, vitaminas e açaí. Entre o quiosque e a areia, há um pequeno deque com algumas mesas de madeira e duas grandes árvores, fazendo uma agradável sombra para quem lancha.

Alexandre e Luiz ocupavam uma destas mesas, aguardando seus pedidos ficarem prontos. O movimento ainda estava fraco, naquele começo de manhã de sábado, mas em breve a praia e a Barraca estariam cheios.

— Cara, que fome — disse Alexandre, olhando os funcionários do Pepê. — Pensei em estudarmos um pouco de Virologia Geral de tarde, quando voltarmos da praia — comentou, se virando para Luiz. O amigo não respondeu. Ele tinha os olhos fixos na areia, na direção em que Cristina estava. Alexandre acompanhou o olhar de Luiz e sorriu. — Ou você pode passar a tarde com a Cristina, vendo um filme, os dois aconchegados no sofá.

— Pode ser — respondeu Luiz, sem prestar atenção.

Alexandre começou a rir e Luiz o encarou.

— É sério?

— O que você falou? — quis saber Luiz, um pouco sem graça.

— Cara, por que você não se declara para a minha irmã?

— Eu? Eu... Eu não gosto dela — gaguejou Luiz. — Quero dizer, gosto, mas não gosto deste jeito de gostar que você pensa que eu gosto.

— Ok, ok, você não engana ninguém. — Alexandre balançou a cabeça. — Você sabe que todos lá em casa iam amar se vocês fossem um casal.

Luiz ficou calado, ainda olhando Cristina ao longe e sem coragem de encarar o amigo.

— Não quero levar um fora e aí ficar um clima estranho. — Luiz deu de ombros. — Não quero mudar a dinâmica do grupo.

Alexandre deu uma gargalhada. Só mesmo Luiz para colocar a *dinâmica do grupo* como prioridade.

— Não se preocupe com isso. Mas se você quiser, posso descobrir se o grupo está a salvo.

— Você ficou maluco? — Luiz o encarou, com os olhos arregalados. — Não é para falar nada com a garota.

— Não vou falar nada, relaxa. Só posso sondar para tentar descobrir se a Tina tem algum interesse em você.

— E se não tiver?

— Aí você segue adiante e o grupo se mantém intacto.

Luiz olhou Cristina, mais uma vez. Ela estava distante deles, mas mesmo de longe, Alexandre apostaria que o amigo a reconheceria no meio de uma multidão.

— Deixa quieto.

— Sério?

— Sim. Vamos com calma. — Luiz se virou para o amigo pela primeira vez. — E, por favor, não conte nada a ela. Sei que vocês dois são bem unidos, mas não quero que ela saiba.

— Ok. Não vou estragar a dinâmica do grupo. Mas ainda acho que você devia arriscar.

Os pedidos ficaram prontos e eles foram para a areia. Luiz entregou o açaí de Cristina, que agradeceu com um sorriso.

— Muito obrigada — disse ela, olhando Luiz, que ficou parado, sorrindo de volta.

Alexandre deu um leve empurrão no amigo, que se recuperou e pigarreou.

— Não foi nada, já estava lá mesmo e eu vinha para cá. — Luiz deu de ombros e tentou soar de forma casual.

Alexandre tossiu e Cristina começou a rir.

— Vamos sentar para comer — disse Alexandre, puxando o amigo.

Eles se sentaram na areia, Alexandre embaixo de uma barraca e Luiz um pouco próximo de Cristina, que ocupava uma cadeira.

— Senta no sol, cara — disse Luiz.

— Não quero que meu açaí derreta enquanto eu como — explicou Alexandre, ajeitando as coisas para conseguir colocar o açaí na sombra.

— Deixa eu provar seu sanduíche — pediu Cristina, para o irmão.

— Não quer que compre um para você? — perguntou ele, entregando o sanduíche a ela.

— Não, não aguento. Só você para tomar café da manhã em casa e vir comer aqui, meia hora depois.

— Estou com fome. — Alexandre pegou o sanduíche de volta.

Os três ficaram comendo em silêncio por um tempo.

— Ah, esqueci de falar. Acho que descobri quem é o tal Samuel, que você queria saber — disse Luiz, olhando Alexandre.

— É? — Alexandre o olhou de volta e depois virou o rosto para a irmã, que o encarava, com uma sobrancelha erguida.

— Sim. O cara morreu em um acidente de carro, alguns meses atrás. Lembra? No começo do semestre passado. Ele e mais outros dois estudantes da universidade, todos calouros — explicou Luiz.

— Eu me lembro disso! — comentou Cristina. — Foi uma comoção na faculdade, né? Não lembrava os nomes deles.

— Ele tinha uma namorada? — perguntou Alexandre.

— Não, acho que não — respondeu Luiz.

— Nossa, como não associei o nome dele antes? A Vitória achava esse Samuel bonitinho, agora me lembro! — comentou Cristina. — Ele era bonitinho mesmo. Mas não cheguei a conhecer nenhum deles. Que curso faziam mesmo?

— Engenharia, eu acho — respondeu Luiz. — Mas não sei muita coisa sobre o caso, só que teve um acidente de carro.

Cristina e Luiz começaram a conversar, tentando se lembrar de detalhes sobre o ocorrido, que virou assunto na Universidade, na época.

Alexandre se lembrava do acidente, mas não de quem estava envolvido. A Universidade da Guanabara era enorme, com vários cursos e milhares de alunos. Era impossível conhecer todo mundo.

E agora havia uma garota que ele queria desesperadamente conhecer.

Mas não sabia como.

Júlia detestava finais de semana. Ela passava os dias no quarto ou saía para dar uma volta, tudo para ficar longe de casa. Costumava andar pelo shopping, sem rumo, ou ia até a casa de Samuel, conversar com a mãe dele.

Foi o que fez naquele sábado à tarde. Ela e Inês, a mãe do garoto, tomavam café e comiam bolo, sentadas em volta da mesa de jantar que havia na sala do apartamento, que ficava no mesmo prédio em que Júlia morava. Foi assim que ela e Samuel ficaram amigos: eles se conheceram quando crianças e não se desgrudaram mais.

— Eu adoro quando você vem me visitar — disse Inês. — É como se fosse uma parte do meu Samuel presente aqui em casa.

— Também gosto de vir aqui — comentou Júlia, com sinceridade.

— Como você tem passado? E seu pai? Sua irmã?

— O mesmo de sempre. — Júlia deu um longo suspiro. — Ela continua não me dando folga.

— O que ela achou do seu novo cabelo? — sussurrou Inês, como se Leonor pudesse escutar na casa dela.

— Quase teve um ataque do coração. — Júlia começou a rir, se lembrando da irmã quando a viu com o visual novo.

— Imagino. Ela nunca gostou que você pintasse ou cortasse o cabelo.

— Ela não gosta que eu faça nada. Só o que ela quer que eu faça. — Júlia suspirou. — Só porque ela meio que me criou, age como se mandasse em mim.

— A Leonor sente como se fosse sua mãe.

— Mas ela não é. Droga. — Júlia enxugou uma lágrima, que escorreu pela bochecha. — Desculpa.

— Não se preocupe, querida — comentou Inês, dando um tapinha de leve na mão de Júlia. — Quer mais café?

— Não, obrigada. — Júlia se encostou na cadeira e enxugou outra lágrima. — Eu não tenho culpa se a mamãe morreu no meu parto. Eu não a matei, como ela pensa.

— Acho que ela não pensa assim, só é um pouco controladora. E agora não está conseguindo aceitar que você cresceu e quer o mundo. — Inês olhou Júlia com ternura.

— Não é só isso. — Ela balançou a cabeça de forma negativa. Comeu um pedaço de bolo, e percebeu que nunca conversara abertamente sobre a partida da mãe com Inês. Quando Samuel era vivo, ela desabafava mais com o amigo do que com a mãe dele. Quando ele se foi, Júlia evitava falar sobre perdas para alguém que havia visto o filho ir embora cedo demais. — Ela gosta de me diminuir. Critica as minhas roupas, minhas coisas, minhas amigas. Nenhuma amiga minha é boa o bastante. Ela só não implicava com o Samuca.

— Eu sei, querida, mas, ainda assim, é sua família.

— Não é fácil conviver com ela. E o pior é que ela não quer conversar. Já tentei várias vezes explicar meu ponto de vista, mas ela acha que, porque me criou, eu tenho que aceitar tudo calada.

— E agora você não aceita mais.

— Não. Eu cresci, como você falou, e quero controlar a minha vida. Mas ela não deixa. Eu queria muito ser amiga dela, mas parece que ela não quer.

— É complicado — comentou Inês.

— Sim. — Júlia encarou a mãe de seu amigo. — Desculpa ficar despejando tudo em cima de você.

— Que isso, querida! Minha casa está aberta para você. Pode vir aqui quando quiser, e desabafar o quanto quiser.

Júlia gostava de visitar Inês, que sempre tinha as palavras certas para dizer, e parecia entender o que se passava na casa dela. Apesar de todo o luto daquela família, o apartamento de Inês tinha um ar mais leve do que o seu, e ela se sentia à vontade ali.

Júlia olhou o corredor, que levava até o quarto de Samuel.

— Posso ir lá?

— Claro! — Inês se levantou, pegando a cafeteira. — Vou deixar o café na cozinha, caso queira mais, depois. E o Silvio deve chegar em breve com o pai, ele vai gostar de te ver.

Inês foi para a cozinha e Júlia entrou no quarto de Samuel. Não iria se demorar, não queria encontrar o irmão dele. Silvio era uma pequena cópia do amigo, e Júlia precisava controlar as lágrimas quando o encontrava. Ficou se perguntando se para Inês também era doloroso ver o filho mais novo todos os dias, e se lembrar do que perdera, mas jamais teve coragem de tocar no assunto.

Fechou a porta do quarto de Samuel e olhou suas coisas. Estava tudo como ele havia deixado quando saiu do cômodo, pela última vez.

Júlia foi até a cama e se deitou, abraçando o travesseiro e sentindo o cheiro dele, que agora estava fraco, já sumindo do lençol.

— Você está aqui? — perguntou ela, para o nada. — Tem lido as minhas cartas? Espero que sim. Eu queria muito te ver de novo. Você pode aparecer para as pessoas? Como é aí, do outro lado? Existe um outro lado?

Olhou em volta e o silêncio permaneceu no quarto.

Júlia se levantou e foi até o quadro de metal, que havia em uma das paredes. O amigo adorava a polaroide que tinha, dizia que fotos precisavam ser tiradas e reveladas, nada podia ficar no celular ou computador, guardado sem ninguém ver.

O quadro era grande e ocupava uma boa parte da parede. Nele, várias fotos de Samuel com a família, feliz, e outras dele e Júlia abraçados, rindo, fazendo careta, em casa, na pizzaria... E uma na Universidade da Guanabara, tirada alguns dias antes de Samuel ir embora.

Com delicadeza, ela tirou a foto do quadro e a beijou e a abraçou, sentindo lágrimas escorrerem pelo rosto. Colocou a foto de volta no lugar e caminhou até o armário. Abriu e passou a mão de leve em algumas roupas.

Antes de deixar o cômodo, Júlia deu outra olhada em volta.

— Até mais. Sinto sua falta. — Ela abriu a porta. — Eu te amo muito — disse, ao sair.

O Corcovado é um bar descolado em Ipanema, onde os jovens se reúnem para conversar e curtir a noite carioca. Alexandre adorava ir lá com os amigos e a irmã, que sempre queria tomar os drinks diferentes e premiados, criados pelo gerente da casa.

Alexandre observava Luiz e Cristina, que conversavam de forma animada. Ele queria muito que a irmã se apaixonasse por Luiz, os dois formariam um casal lindo e perfeito, como ela amava falar sobre os casais de filmes e livros.

Mas Cristina não notava o olhar apaixonado de Luiz. Alexandre também demorou a perceber, e foi só em um descuido do amigo que ele descobrira os sentimentos em relação à sua irmã. E prometera não contar nada.

Os três ocupavam uma mesa no meio do bar.

Cristina terminou seu suco de laranja e pediu outro.

— Vou tomar um porre de suco hoje.

— Que bom que você é a motorista da vez — disse Luiz.

— Eu falei para virmos de metrô, aí você podia beber um pouco — comentou Alexandre. — Pensei que ia tomar vários drinks hoje.

— Hoje não quis beber — explicou Cristina.

— Bem, depois de passar a tarde estudando Virologia Geral, mesmo amando a matéria, eu mereço espairecer — justificou Alexandre, pedindo um segundo chope.

— Eu também. — Luiz estremeceu.

— Quem mandou estudar Microbiologia? Até agora não entendo a fixação de vocês com isso.

— Eu gosto de Virologia Geral — comentou Alexandre, dando de ombros.

— Você gosta de tudo do curso. Isto não é normal — brincou Luiz.

— Concordo. Sempre há algo que não se gosta na faculdade — completou Cristina.

— Vou pensar em algo que não gosto e conto a vocês. Mas a vida é muito curta para ficar ruminando sobre o que não se gosta.

— Nossa, Alex, agora você foi profundo — disse Cristina, rindo. — Isso merece um brinde de suco de laranja.

— Isso merece uma ida ao banheiro — comentou Luiz, se levantando. — Volto já.

Quando Luiz se afastou, Cristina se aproximou do irmão e falou baixo, embora tivesse a certeza de que ninguém a escutaria.

— E qual é a sua com esse Samuel?

Alexandre olhou em volta, como se várias pessoas da Universidade da Guanabara pudessem surgir do nada, ali.

— Depois eu converso com você sobre isso.

— Depois não, agora. Vamos, me conte. Fiquei o dia todo curiosa, depois da praia, mas o Luizinho foi com a gente lá para casa, para vocês estudarem, e não consegui te perguntar.

Ele olhou novamente em volta, sabendo que Luiz não demoraria.

— Depois que deixarmos o Luizinho em casa, eu te conto. Já estava planejando fazer isso, quero conversar com calma para você entender direito.

— Ok, então...

Assim que deixaram Luiz no prédio em que ele morava, Cristina olhou rapidamente o irmão, sentado no banco ao seu lado.

— Vamos, me conte logo sobre o tal Samuel.

Alexandre respirou fundo e virou o rosto para a janela, observando os prédios ficarem para trás, conforme o carro seguia o caminho de casa.

— Eu encontrei umas cartas na universidade...

Ele contou tudo sobre a misteriosa garota, que escrevia cartas de amor e saudade para um tal de Samuel, que agora sabia quem era. Narrou os detalhes, as brigas com a irmã, a falta que Samuel fazia em sua vida.

— E você não sabe quem ela é?

— Não, ela nunca assinou.

— Você sabe que isso é errado, né?

— Sim, eu sei. Mas não consigo parar de pensar nela, nas cartas, no Samuel...

— Você tem que parar de ler o que a garota escreve. Isto é invasão de privacidade.

— Se ela não quisesse que ninguém lesse, não teria deixado em um lugar público.

— Ela escondeu! É óbvio que não quer que ninguém leia. — Cristina balançou a cabeça, segurando firme o volante do carro. — A menina está desabafando, não fez isso pensando que alguém ia ler.

— Eu sei, eu sei... Mas tenho que fazer algo. Ela precisa de ajuda.

— E você quer ajudar. — Cristina pressionou os lábios. Conhecia bem o irmão e sabia que ele não deixaria o assunto de lado. — O que você vai fazer?

— Não sei. Por isso queria conversar com você, para que me dê uma luz sobre o assunto.

— Eu não sei o que você pode fazer. Primeiro, tem que descobrir quem ela é, né?

— E fazer o quê? Ir atrás dela e falar: olá, sou o cara que lê o que você escreve, quer ser minha amiga?

— Não, não assim, né? — Cristina ficou em silêncio, esperando Alexandre falar algo, mas o irmão estava mudo, ainda encarando a janela. — Vamos pensar melhor sobre isso. Vou sondar a Vitória. Como ela achava o Samuel bonitinho, talvez saiba quem é essa menina.

— Você vai contar sobre as cartas? — perguntou Alexandre, encarando a irmã.

— Claro que não. Mas vamos ver o que podemos fazer sem assustar a garota. A gente não sabe direito o que está acontecendo com ela.

— Eu sei o que está acontecendo, está tudo nas cartas.

— Ok, mas você tem que ir com calma. Ela pode ficar com raiva por você ter lido.

— Ela vai ficar com raiva. — Alexandre suspirou.

— Vamos pensar em algo — respondeu Cristina, um pouco incerta sobre o que fazer.

Como ajudar o irmão sem que a garota ficasse com raiva dele?

Oi, Samuel,

A Dra. Patrícia disse que venho fazendo progressos porque estou falando mais francamente sobre os meus sentimentos. Quase ri.

Ela me pediu para não parar de escrever no diário. Mal sabe ela que eu converso com um fantasma. O que ela pensaria disto?

Desculpa! Não quis te ofender. Você é um fantasma? Se for, bem que podia vir puxar o pé de você-sabe-quem de noite.

Mas a Dra. Patrícia disse que preciso de novos amigos, que preciso deixar você ir embora. Eu não quero isso. Ela disse que posso continuar te amando e pensando em você, mas preciso seguir a minha vida.

Bem que a minha vida podia ser curta. Imagina viver mais uns sessenta anos? Eu morreria! Ha ha ha confessa que achou graça.

Você foi embora cedo e me deixou. Este não era o plano.

Preciso de você.

Te amo

P.S. 1: estou feliz que, desta vez, as outras cartas estão no Esconderijo. Estava com medo de alguém ter pegado e lido.

P.S. 2: sim, eu sei que não devia deixar as cartas em um lugar da universidade, mas acredite em mim: ninguém vai achar nosso buraquinho embaixo do banco. E, em casa, eu tenho medo Dela encontrar e ler.

Capítulo 4

O que Cristina menos gostava da época de provas é que elas eram aplicadas em dias próximos. Uma vez, argumentara com um professor que ele deveria combinar com os outros do departamento, para que cada matéria aplicasse a prova em uma semana diferente. A ideia não foi adiante quando o professor contra-argumentou que isto não fazia o menor sentido.

— A época de provas é horrível — comentou Cristina, se sentando ao lado de Vitória, que a esperava em uma das mesas da Lanchonete da Dona Eulália.

— Você demorou para terminar a prova.

— Não conseguia resolver a última questão. Quase deixei em branco. — Cristina fez uma careta e pegou o cardápio, para dar uma olhada. — Não vejo a hora de chegar sexta-feira.

— Nem eu. Estou muito animada para a festa do pessoal de Ciências Biológicas, no sábado.

— Vai ser legal.

— Legal? Vai ser o máximo! Eu amo as festas do departamento do seu irmão.

— Ou você ama o meu irmão? — provocou Cristina, piscando para Vitória.

— Seu irmão não liga para mim. — Vitória deu de ombros. — Acho que ele nunca vai querer ficar comigo novamente.

— Meu irmão é estranho, não tente entender a cabeça dele.

— Que tipo de garota ele curte? — quis saber Vitória.

— Não sei — desconversou Cristina. *Misteriosas, que escrevem cartas para um cara morto*, pensou, mas não falou nada.

— Estou com fome, vou pedir algo. Quer dividir uma pizza?

— Pode ser.

Cristina se levantou para fazer o pedido. Quando voltou, Vitória indicou uma das mesas da extremidade da lanchonete, onde uma garota estava sentada.

— Está vendo aquela menina ali?

Cristina olhou na direção em que Vitória indicou.

— A loira com os fones de ouvido?

— Sim. Lembra que você me perguntou do Samuel? Ela era amiga dele.

— Sério? — perguntou Cristina, analisando melhor a garota à distância, que escrevia em um caderno. *Será que era a garota das cartas?* — Como você sabe disso? Eu nunca vi essa menina aqui.

— Você já deve ter visto ela sim, só que o cabelo era castanho. Ela pintou alguns dias atrás. Ela vive aqui na lanchonete. E eu sei disso porque reparava no Samuel.

Cristina voltou a olhar a menina, ao longe, perdida em seus pensamentos e no que quer que escrevia em seu caderno. Ela realmente parecia triste.

— Você sabe o nome dela?

— Acho que é Júlia.

— Júlia — repetiu Cristina, pensando imediatamente em Alexandre. — Que curso ela faz?

— Sei lá.

— Pensei que sabia tudo desse Samuel.

— Não sei muito sobre ele. É só um daqueles carinhas que você vê por aí e acha bonitinho e pronto.

— Eles eram namorados?

— Não sei. Só via os dois sempre juntos, mas nunca os vi se beijando, então não sei dizer com certeza.

A pizza chegou, mudando a conversa das amigas, mas Cristina ainda olhava Júlia ao longe, discretamente.

O campus da Universidade da Guanabara era um lugar que Júlia amava. Ainda achava estranho andar por ali sem Samuel, e ela chegou a pensar que poderia passar a odiar aquele local, depois que ele se foi, mas não. A cada dia, gostava ainda mais.

Talvez porque fosse uma área sua, onde Leonor não podia chegar. Onde os insultos e gritos de Leonor não entravam. Onde ela estava a salvo dos julgamentos e críticas da irmã mais velha.

Na faculdade, Júlia não se importava com quem estava ao seu redor. Ela tinha coisas mais importantes para se preocupar. Como a falta de Samuel. Ou a solidão em seu peito. Ou a dor em seu peito. Ou o vazio em seu peito.

O tempo todo em que andava pela universidade, Júlia usava fones no ouvido, algumas vezes sem música tocando, só para impedir alguma conversa com quem quer que seja. Não que alguém se aproximasse dela. Mas não custava nada prevenir uma possível troca de palavras com estranhos ou colegas de curso.

Júlia gostava de se sentar a uma das mesas na extremidade da Lanchonete da Dona Eulália para almoçar, antes de voltar para o apartamento e aproveitar a tarde toda sem a irmã por perto. E, enquanto esperava o almoço ficar pronto, ficava ali, só ouvindo música e pensando em nada. E agora usava o tempo também para escrever cartas para ninguém ler.

No começo, pensou ser uma besteira, isso de ficar escrevendo em um diário. Bom, o diário podia não ter dado certo, mas as cartas deram. Elas faziam bem a Júlia, era algo com o que se acostumara, e tentava escrever todos os dias. Muitas não iam para o buraco embaixo do banco, apenas as especiais iam parar lá. As que eram destinadas a Samuel. As outras eram descartadas em alguma lixeira pela cidade, nunca as do seu apartamento. Não podia correr o risco de Leonor encontrar.

Leonor... Só de pensar na irmã, Júlia sentiu o peito se apertar. Elas nunca seriam amigas, já desistira disto. Sempre haveria um abismo entre elas, e Leonor sempre iria colocar Júlia para baixo. Como se houvesse qualquer resquício de amor ali dentro. Leonor já destruíra tudo.

O maior sonho de Júlia era arrumar um novo emprego e sumir da casa do pai. Ela chegou a trabalhar em uma loja quando começou a faculdade, mas não conseguiu continuar depois que o amigo se foi. Nenhum cliente queria ser atendido pela vendedora de cara emburrada e olhos inchados.

Então, quando a gerente da loja lhe disse que não dava mais para Júlia continuar lá, ela não se importou. Não de imediato. Precisava de um tempo longe de tudo.

Mas tinha que voltar a pensar em um novo trabalho. Juntar algum dinheiro para poder alugar um apartamento, um quarto, uma quitinete, um lugar só seu, longe do julgamento da irmã e da apatia do pai.

Só que, agora, isso não seria possível porque não tinha cabeça para mais nada. E precisava se afastar de tudo. Se fosse sincera consigo mesma, Júlia diria que não queria fazer nada, apenas ficar deitada na cama, chorando e sentindo pena de si mesma, mas isto também não era possível, porque Leonor nunca deixaria que a irmã tirasse um tempo para se recompor da perda de Samuel.

— Se a mãe dele não está no quarto chorando, por que você tem que ficar? — repetiu Leonor, inúmeras vezes após o velório.

Nem ficar triste eu posso, pensava.

Porque Leonor não dava folga, não deixava a garota um

minuto em paz. Ela não podia ficar deitava na cama, sentindo saudades do amigo. Precisava levar a vida como se nada tivesse acontecido, porque a irmã não parava de infernizar os seus dias.

O sanduíche dela ficou pronto e Júlia fechou o caderno, com sua carta para Samuel ainda incompleta. Deixaria para terminá-la no dia seguinte, na universidade, onde as críticas da irmã jamais a alcançariam.

Será que Leonor nunca a deixaria viver a sua vida como queria?

A tarde de segunda terminou com Cristina entrando no quarto de Alexandre como um furacão.

Ele saíra cedo da universidade, tivera poucas aulas naquele dia, e fora direto para casa, almoçar e estudar.

Precisava, também, terminar um trabalho de Imunopatologia para entregar no dia seguinte e, depois, tentaria estudar um pouco mais de Virologia Geral, mas não conseguia se concentrar. Aquelas cartas não saíam da sua cabeça.

Alexandre falara com sinceridade, no sábado, sobre gostar do seu curso. Na verdade, amava Microbiologia. Desde pequeno, era fascinado pelo mundo dos microrganismos, por isso decidira seguir carreira quando entrou na faculdade. Os pais o apoiaram e a irmã disse que ele viraria um cientista obstinado, e Alexandre apenas sorriu.

A área científica era um pouco difícil e exigia paciência e dedicação, mas não se importava. Gostava de ajudar os outros, e estudar a vida invisível do planeta, como falava Cristina, era uma forma de dar a sua contribuição para o mundo.

Alexandre estava no segundo ano do curso e jamais se arrependera. Conhecera Luiz no primeiro dia de aula e os dois ficaram amigos. Ambos compartilhavam o amor pela biologia e microrganismos, embora Luiz achasse algumas etapas do curso um pouco entediantes. Já Alexandre, achava tudo fascinante.

— Descobri quem é a garota das cartas — disse Cristina, fechando a porta do quarto do irmão e jogando sua bolsa e cadernos em um canto.

Alexandre estava sentado em frente à escrivaninha, com o computador ligado e o trabalho pela metade. Ele encarava a janela quando a porta se abriu e sua irmã entrou, ofegando.

— Sério? Quem é? — perguntou Alexandre, se virando para Cristina.

— É uma amiga do Samuel. O nome dela é Júlia.

— Júlia — repetiu ele, e Cristina sorriu. — E o que mais?

— Mais nada, não sei nada da garota. Só o nome e que ela frequenta a Lanchonete da Dona Eulália.

— E como você sabe que é ela?

— Bem... — Cristina mordeu o lábio. — Eu não sei. Meu Deus, não sei se é ela.

Cristina se sentou na cama do irmão, e contou sobre o almoço com Vitória, e da presença de Júlia por lá. Contou da tristeza visível na garota, e do fato de ela ter ficado o tempo todo com o caderno aberto.

— Só porque a garota estava escrevendo em um caderno, não quer dizer que era uma carta para o Samuel.

— Eu sei, mas sinto que é ela. A menina que vi hoje pintou o cabelo de loiro, igual à da carta fez. — Cristina esperou o irmão falar algo, mas ele permaneceu calado. — E agora? O que você vai fazer?

— Não faço a menor ideia. Não posso me aproximar e

perguntar se é ela quem escreve as cartas para o Samuel. E se não for?

Os dois ficaram calados, se encarando por alguns segundos.

— E se... Bem, e se você escrever uma carta para a garota?

— Uma carta? — Alexandre ficou pensativo.

— Sim, e deixa lá no mesmo lugar que ela coloca. Aí ela vai encontrar e, talvez, responder.

— Ela vai me odiar.

— Provavelmente, mas se você quer ajudar a garota e saber quem ela é, precisa se arriscar.

— E o que eu digo? Quero dizer, o que eu escrevo?

— Não sei. — Cristina balançou a cabeça. — Pega um caderno aí para fazermos um rascunho. Vamos pensar em algo que não seja muito estranho, e nem a faça correr de você.

Olá,

Você não me conhece e espero que não fique com raiva, nem me ache petulante ou que estou invadindo o seu espaço.

Alguns dias atrás, encontrei uma carta sua deixada aqui. Não foi minha intenção, eu caí próximo do banco e ali estava a sua carta...

Bem, isso não importa. Eu a levei para casa (me desculpe, sei que foi errado), e depois voltei aqui e li as suas outras cartas. Sei que você deve me detestar neste momento em que lê estas palavras, sem nem me conhecer, mas as suas cartas não saem da minha cabeça.

Não tenho certeza de quem você é, apenas desconfio. Quero muito te conhecer, ser seu amigo, te ajudar... Acho que pode ser bom, não?

Espero que dê uma chance a mim. Só me avisar o dia, hora e local. Eu estudo aqui na Universidade também, estou no segundo ano de Microbiologia.

Abraços de um amigo que se preocupa com você,

Alexandre Vargas

Capítulo 5

A carta fora colocada no buraco embaixo do banco, mas Alexandre não se sentia tranquilo. Ele não gostara muito do que escreveu, mas não havia uma forma certa de abordar alguém de quem ele lia os mais secretos pensamentos.

Cristina estava parada próxima a ele, vigiando se alguém se aproximaria, enquanto Alexandre se deitou no chão e esticou o braço, enfiando o papel no buraco, junto com as outras cartas que já estavam lá.

— Acho que tem uma nova carta aqui.

— Pelo amor de Deus, Alexandre, deixa isso aí e vamos embora — sussurrou Cristina, um pouco tensa.

— Ok, ok. — Alexandre se levantou e limpou a bermuda, que ficara um pouco suja. — E agora?

— Agora, vamos embora. Já fizemos a nossa parte.

Eles começaram a andar pelo campus da universidade.

— E se ela não me responder?

— Vamos pensar nisso depois.

— Ok.

Eles caminharam mais um pouco, até pararem em frente ao Departamento de Belas Artes, onde aconteciam as aulas de Paisagismo, curso de Cristina.

— Animado para a festa sábado? — perguntou Cristina.

— Sim. — Alexandre sorriu. — Será que deixo um bilhete convidando a Júlia para ir?

— Calma, ela ainda nem te respondeu. Vamos ver como vai ser.

— Você sabe como animar uma pessoa. —Alexandre pressionou os lábios um contra o outro.

— Bem, a Vitória está muito interessada se você vai.

— Claro que vou, é a festa do meu departamento.

— Você entendeu. — Cristina piscou para o irmão.

— Eu... — Alexandre balançou a cabeça. — Não dê esperanças a ela.

— Eu nunca dou. Sei que você não quer nada com a Vitória.

— Eu acho a Vitória legal. Foi bom ficar com ela.

— E?

— Não tem "e". Foi bom e pronto. — Alexandre checou o celular. — Preciso ir. Antes de voltar para casa, passo lá no banco. E, se você puder...

— Passo lá também.

Cristina deu um beijo na bochecha do irmão, que seguiu rumo ao prédio de Ciências Biológicas.

O Esconderijo era como Júlia e Samuel chamavam a pequena abertura embaixo de um banco de concreto, que encontraram um dia, por acaso, na Universidade da Guanabara. Júlia não se lembrava exatamente de quando fora descoberto.

O que ela se lembrava era de estar com Samuel, sentada em um banco em um lugar de pouco movimento. Eles gostavam de ficar ali porque quase ninguém passava, e podiam conversar à vontade, sem interrupções.

E ela também se lembrava de que Samuel contara algo engraçado, que a fizera se curvar sobre o próprio corpo de tanto rir. Lágrimas saíam de seus olhos, e suas bochechas já estavam doendo, assim como a barriga. Há tempos não ria tanto. E ele também ria, riu até cair do banco, o que fez Júlia rir ainda mais. E foi então que ele viu o buraco. Ela se abaixou e os dois ficaram olhando e sugerindo coisas para colocar ali, escondidas dos olhos dos outros.

Eles nunca chegaram a usar o buraco. Não até Samuel ir embora e Júlia precisar esconder as suas cartas. Ela sentia tristeza ao pensar que o amigo havia descoberto um local secreto, só dos dois, para que ela tivesse uma ligação com ele após a sua partida. Parecia que Samuel estava trilhando o caminho dela para quando não estivessem mais juntos.

E agora Júlia encontrou seu esconderijo invadido por um estranho. A primeira reação, quando viu um papel diferente do seu, com uma letra diferente da sua e uma mensagem idiota escrita, foi ficar com raiva. Ela sentiu muita raiva daquele desconhecido que queria entrar na sua vida.

Quem ele pensava que era para propor que fossem amigos? Realmente não lera nada do que ela escreveu, para saber que, em sua vida, só havia espaço para Samuel? E por que leu o que ela escreveu? Aquele cara idiota não percebeu que aquilo era algo particular?

A segunda reação de Júlia foi se culpar. Claro que a culpa era sua. Não devia ter deixado seus desabafos pela universidade. As chances de alguém ver eram muito remotas, mas alguém vira. E agora esta pessoa sabia sobre a maior parte da vida de Júlia. Muitos de seus maiores segredos, medos e falhas.

Ela quase podia ouvir a voz de Leonor em sua cabeça, a chamando de ingênua. E este era o problema de Júlia: pensar que podia se esconder do mundo, mas isto jamais aconteceria. Devia ter previsto o inevitável, e agora ela estava exposta. E se esse cara espalhasse para todos os alunos o que ela escreveu?

Pensando bem, se quisesse fazer isso, já teria feito. Mas por que ele queria ser amigo dela? Para poder zoar dela quando quisesse? Por que precisava de alguém para servir de capacho, já que sabia todos os segredos dela? Será que o objetivo era chantageá-la? Mas para quê? Ela não tinha nada a oferecer a ninguém. Nunca tivera.

Ao longo de sua vida, Júlia aprendera que não podia confiar em quase ninguém, e que não devia depender de ninguém.

E, com isso, veio a terceira reação: destruir a carta do estranho. Ela fez isto, rasgou o papel em vários pedaços, mas não os jogou em uma lixeira da universidade. Guardou em sua bolsa e foi para a psicóloga, com raiva daquele cara que jamais ia conhecer.

Quem aquele atrevido pensava que era?

Apesar de amar o curso, naquela manhã de terça Alexandre não conseguiu se concentrar nas aulas. Sua cabeça estava dispersa, longe, embaixo de um banco de concreto esquecido na faculdade.

Quando a sua última aula terminou, ele saiu apressado da sala, sendo alcançado por Luiz antes de descer as escadas.

— Ei, Alex, que bicho te mordeu? — perguntou Luiz, se colocando ao lado dele e descendo as escadas rápido, para acompanhar o ritmo do amigo.

— Nada.

— Nada? Você estava aéreo em todas as aulas e agora saiu correndo. Nem esperou o elevador, veio direto para as escadas. — Luiz puxou o braço de Alexandre, fazendo-o parar. — Dá para ir devagar? Já estou sem fôlego. — Luiz balançou a cabeça. — Aconteceu algo na sua casa?

— Hein? Não, não aconteceu nada. — Alexandre sorriu,

tentando tranquilizar o amigo. — Desculpa, é que tenho que ir a um lugar e estou com pressa, mas não é nada ruim.

— Beleza, então.

— Nos vemos amanhã! — disse Alexandre, voltando a descer as escadas apressado, deixando um Luiz confuso para trás.

Assim que entrou no caminho onde o banco ficava, Alexandre sentiu o coração acelerar e um bolo surgiu em seu estômago. Ele se sentiu ridículo, porque estava ansioso para encontrar uma carta de uma garota que nem conhecia. Mas ele queria entrar na vida dela, e uma carta positiva, marcando um encontro, seria algo que faria seu dia ficar mais feliz.

Só que não havia nada no buraco. Nenhuma carta. Nem a sua, nem as dela. Nem um bilhete, um encontro marcado.

O buraco estava completamente vazio.

O ponteiro do relógio na parede parecia se arrastar. A Dra. Patrícia estava há uns vinte minutos tentando convencer Júlia a responder o atrevido. Às vezes, Júlia pensava que a Dra. Patrícia também era uma atrevida, sempre se metendo na vida dela, mas então se lembrava de que este era o trabalho da psicóloga.

— Você não acha que pode ser bom ter um novo amigo? — sugeriu a Dra. Patrícia.

— Claro que não! Ninguém vai substituir o Samuca — protestou Júlia.

— Não estou falando em substituir. Estou apenas propondo que você abra a sua guarda para alguém novo.

— E esse alguém é um idiota que leu as minhas cartas sem a minha permissão?

— Devo concordar que a forma como aconteceu não foi a melhor. — A Dra. Patrícia balançou a cabeça, e Júlia ficou esperando que a psicóloga a repreendesse por ter escrito cartas avulsas, e as deixado em um local público, ao invés de fazer um diário, como aconselhara. Mas a Dra. Patrícia não falou nada, apenas insistiu no encontro com o atrevido. — Ele parece ser alguém preocupado com você.

— Se ele estivesse preocupado comigo, se manteria à distância e me deixaria em paz.

— As pessoas que se preocupam conosco ficam sempre por perto. Elas nunca nos deixam em paz. — A Dra. Patrícia sorriu e Júlia teve vontade de sair correndo. — Por que não marca um encontro e vê o que ele tem a dizer? Se for muito ruim, você o espanta com um olhar frio.

— Isso eu posso fazer. Olhar frio é comigo mesma, segundo a Leonor.

— E como ela tem agido com você estes dias? — perguntou a Dra. Patrícia, fazendo Júlia se arrepender de ter tocado no nome da irmã.

— A mesma coisa de sempre. — Júlia deu de ombros e encarou o ponteiro do relógio. — Não quero falar dela hoje. Só do atrevido.

— Não guarde raiva do rapaz. Veja o que ele tem a dizer e depois conversamos. Quem sabe, na nossa próxima consulta, vocês já são amigos? — A Dra. Patrícia se levantou e Júlia fez o mesmo. — Escreva para ele e vamos ver no que dá.

Júlia deixou o consultório se perguntando como entrara lá, cheia de raiva, e saíra com a promessa de um encontro com um desconhecido enxerido.

Capítulo 6

O tom usado na carta não estava muito do agrado de Júlia, mas fazer o quê? Ela queria ser o mais grossa possível com aquele desconhecido, que já detestava mesmo sem saber quem era, mas decidiu confiar em sua psicóloga. A Dra. Patrícia parecia saber exatamente o que estava fazendo, ao contrário de Júlia, e, embora confiar em alguém ainda fosse difícil, ela estava disposta a arriscar.

Se fosse por sua vontade, escreveria um texto que faria o cara enxerido nunca mais nem olhar para ela, mesmo ele não tendo certeza de quem Júlia era. E, ao pensar nisto, veio uma vontade de ficar enrolando o rapaz, de fazê-lo procurar por uma outra garota por toda a universidade, sem sucesso. Mas respirou fundo e, mais uma vez, escutou a voz da Dra. Patrícia em sua cabeça.

— Que droga — resmungou Júlia, enquanto terminava de escrever a carta.

— O que foi? — perguntou Leonor, colocando a cabeça dentro do quarto da irmã, dando um susto em Júlia. — Fica aí reclamando da vida boa que tem. Nunca vi alguém tão ingrata!

Júlia contou até dez e encarou a irmã.

— Não estou reclamando de nada, só fazendo um trabalho para a faculdade — respondeu Júlia, com um sorriso fingido no rosto.

— Trabalho de faculdade é para ser feito durante o dia, não na hora de dormir, de qualquer jeito. — Leonor se apoiou no batente da porta e cruzou os braços.

— Não estou fazendo de qualquer jeito, isso era coisa

sua quando estava na faculdade. — Júlia ficou em pé quando Leonor entrou no quarto. — Os meus trabalhos são impecáveis. — Ela levantou o queixo, como se desafiasse a irmã.

Leonor avançou em sua direção, enquanto Júlia enfiava a carta dentro da bolsa o mais rápido que conseguiu.

— Ah é? Então me deixa ver essa obra-prima digna de um artista — comentou Leonor, tentando tirar a bolsa da mão da irmã mais nova.

— Vê se me deixa em paz, que saco! — gritou Júlia, abraçando a bolsa.

— Eu quero ver! — gritou Leonor, mais alto, tentando puxar a bolsa que Júlia mantinha presa entre os braços.

— Isso é meu, você não tem que ver nada. Para de se meter na minha vida!

— O que está acontecendo aqui? — perguntou Tadeu, entrando no quarto.

As duas ficaram paradas; Júlia agarrada à bolsa e Leonor tentando tirá-la de seus braços.

— É a sua filha, que fica escondendo coisas da gente. Daqui a pouco está metida com gangues e drogas — gritou Leonor.

— É a sua filha, que não me deixa em paz — gritou Júlia. — Que saco, não uso drogas e nem sei onde encontrar uma gangue, porque, se soubesse, já teria me juntado a ela.

— Olha só, que abusada! — disse Leonor, com uma cara de espanto. — Essa garota é uma decepção para a família.

O pai delas suspirou e encarou as duas.

— Vamos, vá dormir que já está tarde — comentou ele, para Leonor. — Vá para o seu quarto, que amanhã todos nós temos que acordar cedo.

Leonor saiu bufando e Tadeu encarou Júlia.

— Pare de estressar a sua irmã, ela já está com um monte de problemas no trabalho.

— É sério isso? — Júlia riu, com deboche. — Eu estava aqui, no meu quarto, quieta. Ela que veio me infernizar.

Tadeu abriu a boca para falar algo, mas desistiu. Apenas balançou a cabeça e saiu, fechando a porta do quarto de Júlia.

Era a noite dos pais prepararem o jantar na casa da família Vargas. Cristina estava no sofá, mexendo no celular, quando Alexandre veio do quarto. Ele se sentou ao lado da irmã, que continuou com os olhos na pequena tela.

Da cozinha, vinham vozes e risos dos pais, e alguns barulhos de pratos.

— Não tinha nada lá — comentou Alexandre, apoiando os braços nas pernas, inclinando o corpo um pouco para a frente. — Acho que ela ficou com raiva.

— Bem, claro, é uma opção — disse Cristina, ainda sem olhar o irmão.

— Que encorajador. — Ele passou as mãos pelos cachos pretos. — Acho que fiz tudo errado, né?

— Não sei. — Cristina colocou o celular na mesinha de centro e virou o corpo de lado, ficando de frente para Alexandre, cruzando as pernas em cima do sofá. — Talvez não tenha sido a melhor forma de entrar em contato, mas não havia outro jeito.

— Estou me sentindo meio ridículo, e idiota, e... Sei lá, ela deve me detestar porque não foi nada legal o que eu fiz, de ler as cartas dela.

— Não, não foi.

— Nossa, Tina, era para você me apoiar, não me colocar mais para baixo.

— Desculpa, Alex. Não sei o que falar. Mas estou aqui, vamos pensar em algo.

Eles ficaram em silêncio, ouvindo os pais na cozinha, que claramente estavam se divertindo preparando sabe-se lá o quê para comerem.

— Pensei em ir amanhã de novo lá, no banco, ver se ela deixou alguma resposta.

— Quer que eu vá junto?

— Sim — confirmou Alexandre.

— Por que você quer tanto ajudar essa menina?

— Não sei. — Ele balançou a cabeça. — Por que não ajudar?

Cristina sorriu, e Alexandre se sentiu um cara sortudo por ter uma irmã em quem pudesse confiar. Amava o fato de Cristina ser a sua melhor amiga, e sempre embarcar em qualquer projeto que ele decidisse seguir.

— Este é o meu irmão, o cara que ajuda todo o mundo.

Alexandre ia falar mais alguma coisa, mas sua mãe veio da cozinha, trazendo uma travessa.

— Hoje temos macarrão. — Renata colocou a travessa na mesa, como se fizesse um anúncio importante.

— Que surpresa. Sempre que vocês dois cozinham juntos, é macarrão — comentou Cristina, se levantando do sofá e indo até a mesa.

— É mesmo? Não tinha reparado — respondeu Renata, piscando um olho e rindo.

— O molho está maravilhoso! — disse Sérgio, trazendo outra travessa da cozinha.

— Precisamos rever os cardápios. Estou me sentindo em desvantagem — protestou Cristina.

— O que foi, querida? — perguntou Renata, se sentando.

— Vocês sempre fazem macarrão. O papai e o Alexandre sempre aproveitam o que nós fazemos. Só eu que fico pensando em comidas diferentes para as minhas noites na cozinha — reclamou Cristina, tentando não rir, e se sentando quando o pai e o irmão também se sentaram.

CARTAS PERDIDAS PELO CAMINHO

— Hum, temos um protesto de filhos? — brincou Sérgio.

— Não me coloquem no meio disso — pediu Alexandre, pegando um prato na mesa.

— Vou começar a comprar pizza pronta para os meus dias na cozinha — ameaçou Cristina.

— Ah, não, essas pizzas prontas não valem, isto é trapaça — disse Sérgio.

— Trapaça é você e o Alexandre pegarem as sobras do que eu e a mamãe cozinhamos, mudar um pouco e servirem como se fosse algo inventado por vocês.

— Ela está certa, querido. — Renata encarou o marido. — Isso precisa ser mudado.

— Mas estamos mudando! Estamos mudando a comida — explicou Sérgio. — Não é mesmo, filhão? — Ele olhou Alexandre.

— Já falei, não me coloquem no meio disso — comentou Alexandre, indicando todos na mesa. — Eu só quero comer.

— Sim, só quer comer, não quer cozinhar — reclamou Cristina.

— Então está decidido, a partir de hoje só quem pode utilizar as sobras dos jantares é quem fez o que sobrou — esclareceu Renata.

— E não pode ser macarrão todas as vezes que vocês cozinham — completou Cristina.

— Mas quem decidiu? Quando foi decidido? — quis saber Sérgio.

— Acabei de decidir — explicou Renata, piscando para Cristina.

As duas brindaram e Sérgio olhou Alexandre, que deu de ombros.

Fazia alguns minutos que Júlia encarava o banco. Ela estava se sentindo ridícula e nostálgica, olhando aquele bloco de cimento. Seria a última vez que iria até ele, deixaria uma carta e olharia para cima, tentando ver Samuel, onde quer que o amigo estivesse.

Quando planejara sua visita final até o lugar, pensara que algo aconteceria dentro dela, mas nada aconteceu. Estava ali, ela e aquele banco frio, sem vida, que parecia não dar a mínima para os seus sentimentos. Ninguém dava a mínima para os seus sentimentos, apenas o estranho enxerido que deixara uma carta.

E agora Júlia encarava o papel em suas mãos, no formato de um canudinho fino, e se perguntava se agira certo em marcar um encontro com o desconhecido. Ela estava com raiva, mas também curiosa para saber quem ele era.

E, assim que soubesse, poderia dizer algumas verdades na cara dele, e xingá-lo e mandá-lo nunca mais se aproximar dela. Finalmente, ela poderia ser maldosa com alguém, e não teria nada a perder. Nunca sentira prazer em ser malvada com uma pessoa, mas aquele cara estava pedindo. Implorando para ser mal tratado. E isto deu um ânimo a Júlia.

Ela sorriu e se abaixou, para colocar uma carta embaixo do banco.

Pela última vez.

Eu devia socar a sua cara, você sabe disto, não sabe?

Eu não sei quem você é, e devia não querer saber, mas a Dra. Patrícia (sim, você sabe quem ela é, certo? Você sabe tudo, seu xereta) me convenceu a te dar uma chance.

Que babaquice.

Eu devia te dar um soco.

E outro.

E outro.

Mas estou tentando ser uma pessoa melhor, o que quer que isto signifique, e a Dra. Patrícia disse que vai ser bom para o meu tratamento te dar uma chance.

Eu estou com muita raiva de você. MUITA! Você sabe disto também, não sabe?

Então, se quiser mesmo falar comigo, você tem 5 minutos para se explicar.

Hoje, quarta-feira, ao meio-dia na Lanchonete da Dona Eulália. Sim, isto mesmo, marquei para hoje porque tenho a certeza de que antes do meio-dia você vai vir aqui xeretar, não vai?

Sou a garota usando uma blusa listrada de branco e azul e fones no ouvido, então não se atrase porque meio-dia e cinco estou indo embora. E ai de você se vier atrás de mim depois de hoje.

Capítulo 7

Pelo segundo dia consecutivo, eles estavam ali, em frente ao banco perdido em um caminho pouco usado na Universidade da Guanabara. E, mais uma vez, Cristina se sentiu ridícula quando seu irmão se abaixou e praticamente se deitou no chão.

— Vamos, Alex, seja rápido — pediu ela, olhando para os lados.

— Calma. — A voz de Alexandre saiu abafada porque a sua cabeça estava coberta pelo banco. — Acho que tem algo aqui.

O coração de Cristina acelerou, e ela se perguntou como seu irmão se sentia. Não demorou a descobrir; em poucos segundos Alexandre se levantou, com um sorriso no rosto, já desdobrando o papel.

E ela pôde ver a expressão do irmão mudar para surpresa, tristeza e algo que não soube definir.

— O que foi? — perguntou Cristina, quando Alexandre lhe entregou o papel.

— Ela me odeia.

Cristina leu e releu a carta umas três vezes antes de encarar o irmão.

— Ela não te odeia. Só... — Os dois se sentaram no banco; Alexandre arrasado, Cristina pensando no que falar. — Veja pelo lado positivo, ela marcou um encontro. E agora você pode persuadi-la e conquistá-la com o seu charme. — Cristina deu um empurrão no braço de Alexandre usando seu corpo, em uma tentativa de animá-lo.

— Não quero conquistá-la. — Ele balançou a cabeça, olhando o nada em sua frente. — Mas não queria que ela me detestasse.

— Ela ainda não te conhece. E se coloque no lugar dela. Você estaria com a mesma raiva se alguém lesse as suas cartas íntimas.

— É, bem, sim. — Ele encolheu os ombros e checou o celular, se levantando. — O que fazemos?

— Vamos para a aula e depois para o encontro com a garota — respondeu Cristina, se levantando também. — Não vamos nos precipitar. Ela deu uma brecha, cabe a gente agarrá-la.

— Por que você está falando igual a mamãe? — perguntou Alexandre, quando começaram a andar.

— Não pensei em nada mais convincente — respondeu Cristina, arrancando uma risada fraca do irmão. — Não fique assim, vai dar tudo certo. Nós somos os irmãos Vargas, nada nos para.

— Tomara. — Ele a encarou, com uma careta no rosto. — Você acabou de tentar fazer uma rima fraca?

— Sim, tentei. Ainda preciso trabalhar em frase de efeito melhor.

— Não precisamos de frase de efeito.

— Não precisamos, mas é legal ter uma. — Cristina piscou o olho, conseguindo outra risada de Alexandre, agora mais espontânea e alegre.

A manhã serviu como uma preparação para o que viria na hora do almoço. Como sempre, ninguém se aproximou de Júlia na faculdade, e ela apenas conversou rapidamente com um garoto na aula de Química Geral.

Ele parou ao seu lado, perguntando algo sobre a prova que aconteceria na sexta-feira, e Júlia se questionou se seria o enxerido. Mas logo ele saiu, desejando boa sorte na prova, se reunindo com outros amigos, e indo em direção ao caminho que levava à saída da universidade.

E se perguntou se haveria alguém que cursava Microbiologia nas suas aulas. *Será que os alunos de Microbiologia assistiam alguma aula de Química?* Não saberia responder porque nunca teve curiosidade por qualquer pessoa que estudava com ela.

Júlia pegou a sua mochila e foi para a Lanchonete da Dona Eulália.

Apesar de toda a raiva, ela ainda estava curiosa para saber como ele era. Provavelmente, seria um cara chato, atrevido, que gostava de se meter na vida de todos. O típico mala que todos do curso dele detestavam, e ninguém queria se aproximar. Por isso, agora cismara com ela, seu projetinho de caridade, pois sabia que Júlia também não tinha amigos na faculdade.

Ela deu um sorriso triste ao pensar nisso, mas se este fosse o plano, não teria sucesso. O que fazia de melhor era afastar os outros, sabia que não era uma pessoa interessante para se conviver. Então, bastava que fosse ela mesma para impedir que alguém se aproximasse.

Mas Júlia não estava preparada para o que aconteceu. Após alguns minutos sentada sozinha, com os fones no ouvido, ela viu um casal se aproximar. Os dois tinham o cabelo preto: os da garota eram compridos, com cachos em cascata pelos ombros. Já o garoto tinha o cabelo caindo pelo rosto em um emaranhado de fios e cachos cobrindo a testa, orelhas e parte da nuca.

Eles pararam em frente à mesa que ela ocupava, e Júlia percebeu um pouco de nervosismo nos dois, principalmente no enxerido, o que deu a ela uma confiança que não aconteceria em um dia normal.

— Oi — disse ele, um pouco sem graça.

Júlia o encarou, levantando um pouco a sobrancelha, permanecendo muda. O rapaz olhou a menina que estava ao lado dele, que deu de ombros e puxou uma cadeira, se sentando, para surpresa de Júlia.

— Meu nome é Cristina e este é o meu irmão, Alexandre. — A garota indicou o enxerido, que puxou outra cadeira, mas permaneceu em pé. Com muita má vontade, Júlia tirou os fones do ouvido, a pedido da garota. — Uau, isso é meio estranho, e não queremos nos meter na sua vida, mas... Bem... — Ela sorriu, sem graça.

— Não queriam se meter, mas se meteram. E agora podem cair fora porque não quero saber de mais nada. — Júlia se levantou. — Parem de ler as minhas cartas.

Ela ia sair quando Alexandre segurou o seu braço.

— Calma, espera! — pediu ele, claramente nervoso. Júlia apenas olhou a mão dele, ainda presa ao seu braço. — Não vai embora, nós... — Alexandre deu um longo suspiro, soltando o braço de Júlia. — Desculpa, não foi minha intenção.

Ela não soube ao que ele se referia, se era por ter segurado o seu braço ou por ter lido as suas cartas. Talvez os dois.

— O que você quer, além de ficar lendo as minhas coisas? Quer também se meter na minha vida? — perguntou Júlia.

Ela não esperava soar tão fria e sarcástica, mas não se arrependeu de como falou.

— Não, eu... — Ele suspirou novamente, e Júlia teve vontade de dar um soco na cara dele. Ou puxar os cachos dele. O que doesse mais. — Desculpa, eu não li por mal. Eu caí um dia que estava chovendo, e aí vi o buraco e eu...

Alexandre parou de falar e se sentou, parecendo confuso, aflito, derrotado.

— Meu irmão gosta de ajudar os outros, mas ele não fez por mal — comentou a garota. Como era mesmo o nome dela? Júlia não se importava com isso. — Ele encontrou a carta por acaso.

— Sim, mas continuou indo lá e lendo tudo — disse Júlia, interrompendo qualquer outra justificativa que a irmã do enxerido poderia dar.

— Eu não consegui parar — explicou Alexandre, e Júlia quis voar em cima dele. — Ok, isso não foi legal. O que quero falar é que eu fiquei...

— Fascinado? Curioso? Queria contar para a faculdade inteira a fracassada que eu sou? — provocou Júlia, e, pela primeira vez, ela viu espanto no olhar dele.

— Não, isso nunca. — Alexandre pareceu novamente confuso. — Eu fiquei preocupado. E senti que você precisava de alguém, ou de ajuda, ou... Não sei.

— Eu não preciso de ninguém, nem de ajuda. — Júlia encarou os dois, sentados à sua frente. — Não quero caridade, e não preciso que os *"Irmãos do Bem"* façam o trabalho de espalhar amor e ajuda pelo planeta.

Ela saiu, sem dar tempo a eles de falarem qualquer outra coisa. Foi em direção ao ponto de ônibus sem olhar para trás, na esperança de que não a seguissem.

Assim que Júlia saiu, Alexandre se levantou para ir atrás dela, mas sentiu Cristina segurar o seu braço, do mesmo modo que ele fizera com Júlia, um pouco antes.

— Deixe-a ir.

— Não posso. — Ele encarou a irmã. — Preciso explicar a ela que não quis magoá-la.

— Ela não vai te ouvir, não agora.

— E o que eu faço? — Ele se sentia desnorteado.

— Vamos pensar. — Cristina o encarou. — Você quer desistir?

— Não, de jeito nenhum. Preciso deixar claro que não fiz nada de propósito, ou para zoar com a cara dela ou o que quer que ela esteja pensando.

— Não estou falando disso. — Cristina mordeu a bochecha. — O que quero saber é se você quer desistir de ajudá-la.

— O quê? — Alexandre piscou várias vezes. — Isso está fora de cogitação.

— Foi o que pensei. Então, dê um tempo a ela.

Eles ficaram em silêncio, ambos olhando o caminho que Júlia seguira.

Alexandre não fazia ideia de como ela era, e já havia imaginado mil pessoas em sua cabeça, desde que encontrara a primeira carta. E, quando a viu na lanchonete, esperando por ele, seu coração acelerou um pouco de empolgação, e medo, ao falar com aquela pessoa que não sabia quem era, mas parecia conhecer bem já há alguns dias.

Ela era totalmente diferente do que imaginou. Alexandre pensara que encontraria alguém frágil e tímido. O que encontrou foi uma garota claramente sofrida, mas determinada a se fechar para que ninguém mais a machucasse. Ele a achou extremamente forte, apesar de, nos poucos minutos em que conversaram, ter percebido que ela não tinha noção disto, e a vontade de estar perto de Júlia só aumentou.

— Quanto tempo? — perguntou Alexandre.

— Não sei... Mas vamos vê-la mais vezes aqui no campus, agora que sabemos como ela é. Quem sabe conseguimos rachar a muralha que construiu em volta dela mesma?

— Não vai ser fácil. Ela me odeia.

— Ela ainda não te conhece. — Cristina sorriu e Alexandre pensou que tudo ficaria bem, porque tinha a irmã ao seu lado. — Quer comer algo aqui, antes de ir para casa?

— Sim, vamos comer aqui. — Ele sorriu. — Acho que estou tendo algumas ideias para rachar a muralha, e quero ver o que você acha de cada uma delas.

— Assim que se fala — disse Cristina, piscando para o irmão.

Capítulo 8

A vida de Júlia era um erro de percurso. Pelo menos, de acordo com Leonor.

Desde criança, a irmã dizia que não era para Júlia existir. Os pais estavam bem e felizes, sendo uma família com uma única filha. E aí, veio o *"acidente"*. A gravidez da caçula não fora planejada, e Leonor gostava de deixar claro que ela não fora desejada. Por ninguém. Nem por ela, nem pelo pai. Nem pela mãe.

Quando era mais nova, Júlia tentara algumas vezes descobrir se isso era verdade com o pai, mas ele sempre fugia do assunto. Falar sobre a esposa falecida doía, e ele não percebia que doía ainda mais na criança que estava ali, perdida, sem saber como viver uma vida quando achava que ninguém a queria por perto.

Isso moldou Júlia e a forma como ela via a si mesma e o mundo, de acordo com as palavras da Dra. Patrícia. Mas ela podia mudar tudo, dar a famosa volta por cima, e começar a ver os acontecimentos por ângulos diferentes. O pai e a irmã mais velha sofriam tanto que não viam que ela sofria também, e o modo que eles encaravam o sofrimento não era o ideal, mas Júlia não podia esperar que eles mudassem, se não queriam mudar. O que ela podia fazer era mudar seu jeito de ver o mundo e a si mesma.

Júlia pensou que nunca ouvira tanta besteira em seus dezoito anos, mas concordou quando as palavras foram ditas por sua psicóloga, para não contrariá-la. Mudar para quê? Ela não via sentido, e não havia como mudar nada enquanto estivesse sob aquele teto.

O pai estava ali, mas era como se já as tivesse abandonado há tempos. Ele evitava qualquer tipo de conflito, e foi deixando a filha mais velha dominar a casa e a forma como Júlia crescia.

Já Leonor parecia ter gostado de tomar as rédeas da situação. Ou foi só o fato de ter em quem depositar suas tristezas, raivas, frustrações. Júlia era seu alvo e sempre seria. Afinal, a garota era a culpada pela morte da mãe e por tudo o que dava de errado na vida de Leonor e, por isso, merecia cada gota de sofrimento que a irmã mais velha lhe desse.

E, então, quando era criança, apareceu Samuel, o vizinho divertido, que se aproximara de Júlia. Eles viraram inseparáveis, e os dias já não pareciam mais tão cinzentos quanto antes. E, depois, Samuel foi embora, levado por um acidente que não deveria ter acontecido.

Agora, ela estava ali, na faculdade, sozinha mais uma vez, se sentindo uma pessoa merecedora de toda a infelicidade do mundo, como Leonor gostava de dizer. Ela devia mesmo ser uma pessoa ruim, porque a vida lhe tirou pessoas que amava, como a mãe e Samuel.

— Posso me sentar? — perguntou uma voz, e Júlia levantou os olhos do livro que lia para encontrar os do enxerido, a encarando como se fossem duas bolas pretas prontas para atacar. — Não encontrei um lugar para me sentar — explicou o cara, puxando uma cadeira e se sentando em frente a ela.

Júlia olhou em volta.

— Tem um monte de mesa vazia — comentou ela, com a voz ácida, tirando os fones do ouvido e fechando o livro..

— Não quero comer sozinho.

— Você não está comendo — disse Júlia, e, no mesmo instante, apareceu um dos funcionários da lanchonete, trazendo uma pizza grande e dois copos de suco de laranja.

CARTAS PERDIDAS PELO CAMINHO

— Não sabia do que gostava, então pedi de muçarela. Todo mundo gosta de pizza de muçarela. E suco de laranja.

— Detesto suco de laranja — respondeu Júlia, colocando os fones novamente no ouvido.

— Por favor. — O enxerido indicou os fones. — Podemos comer e conversar um pouco? Não vai te fazer mal dividir uma pizza comigo. Se, depois disto, decidir que não quer mais me ver, tudo bem.

Júlia ficou em silêncio, pensando nas palavras dele. Ela encarou a pizza, e seu estômago implorou por um pedaço, quando o cheiro do queijo derretido chegou até o seu nariz.

— Tudo bem. Faça o seu melhor.

Ele sorriu e estendeu a mão.

— Eu sou o Alexandre.

Júlia ficou encarando a mão dele estendida por cima da pizza.

— Não vou apertar a sua mão, isto é ridículo — respondeu ela, pegando um pedaço de pizza e comendo.

Alexandre começou a rir.

— Gostei de você.

— Não posso dizer o mesmo.

— Uau, você é afiada, isto é legal. Mas não vai me afastar. — Ele sorriu e balançou a cabeça, para tirar um cacho do cabelo que caiu na testa. — Bom, sou o Alexandre, tenho dezenove anos, estudo Microbiologia. Deixa eu ver... Tenho uma irmã, que você conheceu ontem, a Cristina, que está no primeiro ano de Paisagismo. — Ele pressionou os lábios um contra o outro, como se estivesse pensando, ou esperando que ela falasse algo, mas Júlia permaneceu muda, comendo. — E você? Qual curso você faz?

— Você não sabe? — perguntou Júlia, com um sorriso irônico no rosto. — Pensei que sabia tudo sobre mim.

— Você não disse isso nas cartas — sussurrou Alexandre, visivelmente sem graça. — Ok, eu percebo o quanto isso soa ruim.

— Verdade. Em algum país, você provavelmente iria preso por isso.

— Nós começamos de forma errada.

— Nós? Não existe nós. — Júlia deu um gole no suco.

— Pensei que detestasse suco de laranja — comentou Alexandre, sorrindo.

— Você não está ganhando pontos com os seus comentários — disse Júlia, se encostando na cadeira e cruzando os braços.

— Ok, gostei de você, de verdade. — Ele piscou, e ela ficou se perguntando se ele falara aquilo novamente para convencê-la a baixar a guarda. — E está certa. Não existe nós, e eu ferrei tudo quando li as suas cartas. Mas se não lesse, agora não estaríamos aqui, tendo esta conversa.

— Nossa, que mudança você provocou na minha vida, não é mesmo? — Ela chegou o corpo para a frente, voltando a comer. — Eu estaria levando a minha vida, e você estaria em outro lugar, salvando um gato preso na árvore.

— Eu não faço isso. — Ele balançou a cabeça. — E desculpa novamente. Sei que foi errado, mas eu não consegui parar.

— Entendo — disse ela, de forma sarcástica. — Sua curiosidade para saber mais sobre a coitadinha falou mais alto, e você mal podia esperar pela próxima carta, para saber sobre o que mais a garota iria reclamar.

— Não. — Ele piscou algumas vezes, e Júlia teve a impressão de que ficara ofendido com as suas palavras. — Não, mesmo. Eu queria te conhecer e saber mais sobre você. E te ajudar.

— Eu não preciso de ajuda.

— Todo mundo precisa de ajuda.

— Pode até ser, mas não preciso da sua.

— Eu... Eu percebi que você sofre pela partida do Samuel...

— Não fale dele — sussurrou Júlia.

— Desculpa, eu só... — Ele suspirou. — Eu imagino o quanto ruim deve ter sido, e ainda está sendo, viver sem ele ao seu lado. Dá para perceber o quanto você o amava, e ainda ama, e ainda faz falta em sua vida e... Bem, acho que ter amigos nunca é demais, e quero ser seu amigo e te ajudar.

— Por quê?

— Por que o quê?

— Por que quer ser meu amigo? Por que quer me ajudar?

— Não sei. — Ele a encarou. — Você quer sinceridade, certo? Realmente não sei. Eu penso que, se estou em uma posição em que posso ajudar alguém, por que não ajudar? Não custa nada ajudar alguém, independente de como for.

— Ah, então você é uma alma caridosa que sai por aí ajudando todo o mundo? — Júlia tentou ser maldosa, mas também estava curiosa com aquele cara ali, na sua frente, oferecendo ajuda a uma estranha.

— Você faz parecer como se fosse algo ruim. — Ele sorriu. — Mas é algo meu, eu sou assim, gosto de ajudar os outros, e senti que... Quando encontrei as suas cartas, parecia o certo a fazer. Parecia que você estava me chamando.

Júlia começou a rir, descontroladamente. Depois das palavras da Dra. Patrícia, aquela era a maior besteira que ouvira nos últimos anos.

— Então, eu te chamei? Vai dizer o quê? Que o destino colocou a minha carta na sua frente, e que devo te aceitar como amigo porque é o que Universo quer? Nem vem com esse papo idiota porque não acredito em nada disso, e não acredito em destino, acasos...

— Não, eu não ia falar isso. — Alexandre fez uma careta. — Eu só acho que pode ser legal a gente se conhecer. E tem a minha irmã, ela é uma pessoa muito maneira para se ter por perto.

— Então é um projeto de família? Vocês fazem o quê, da

vida? Resgatam gatos de árvore? Apagam incêndios florestais nas horas vagas? — Júlia estreitou os olhos. — Só falta me dizer que você vai, todo domingo, em um abrigo de animais abandonados, para brincar com os cachorrinhos.

— Bem, eu não... — Alexandre ficou visivelmente sem graça, e Júlia balançou a cabeça.

— Ah, não, você realmente vai em um abrigo brincar com cachorrinhos?

— Não. — Ele sorriu. — Mas eu faço textos para as redes sociais de um abrigo de animais, como uma ajuda para eles.

— Ah, céus. — Júlia se encostou na cadeira, novamente. — Eu realmente estou tentando te odiar, mas você está fazendo parecer que, caso eu te odeie, serei realmente uma pessoa ruim.

— Não sou tão bom assim. — Ele deu de ombros. — Olha, começamos mal, eu sei disso. Mas por que não me dá uma chance? Dê uma chance para a Cristina também. Vamos assistir um filme lá em casa hoje, com outro amigo nosso. Apareça por volta das sete da noite.

Alexandre pegou o caderno e rasgou um pedaço de uma folha. Ele anotou algo e entregou o papel com dois telefones.

— Você está me convidando para ir à sua casa? Você nem me conhece!

— Você parece ser uma pessoa legal — disse ele, e Júlia quase riu. Legal não era uma definição que alguém faria dela. — Eu anotei o meu telefone. E o da minha irmã, para o caso de você não querer falar comigo ou me mandar mensagem. Mas fique à vontade se quiser, qualquer hora.

— Vai esperando.

— Então, posso contar com você hoje à noite?

— Claro que não! — Júlia se levantou e terminou o suco. — Fique esperando sentado eu aparecer na sua casa. Não é porque almoçamos juntos que agora somos amigos — completou ela, saindo e se perguntando o que Leonor acharia se ela dissesse que alguns amigos a convidaram para um filme.

— Ei — chamou Alexandre. Quando Júlia se virou, sentiu o coração acelerar com o sorriso que ele tinha no rosto. — Pode dormir lá, se quiser. No quarto da Cristina, claro.

— Claro. — Júlia balançou a cabeça e saiu.

Definitivamente, Leonor ia pirar se ela dormisse fora, na casa de uma amiga que nunca vira.

Capítulo 9

O segundo encontro com a garota das cartas havia sido melhor do que o primeiro. E muito melhor do que Alexandre imaginou quando a viu sentada na Lanchonete da Dona Eulália, lendo um livro.

Ele foi até o balcão e pediu uma pizza e dois sucos de laranja, e enviou uma mensagem para Cristina

ALEXANDRE
A Júlia está na lanchonete.
Consegue vir aqui?

TINA
Não, te avisei que vou para a casa da Vi
Prova sexta. Preciso estudar

ALEXANDRE
Vou falar com ela
Acha uma boa ideia?

TINA
Sim!!!!!!!! ☺

ALEXANDRE
Ok, me deseje sorte

TINA

A pizza ficou pronta e Alexandre indicou a mesa de Júlia para o funcionário da lanchonete, que perguntou onde ele se sentaria. Enquanto o funcionário preparava o suco de laranja, Alexandre criou coragem e foi até a garota, torcendo para que Júlia não se levantasse e saísse quando ele chegasse.

Só que ela não se levantou, nem saiu correndo. Apesar de alguns comentários maldosos e sarcásticos, Júlia permaneceu sentada, e até dividiu a pizza com Alexandre. E ele se surpreendeu com isso, e também com o fato de tê-la convidado para ir até a sua casa e, mais ainda, para dormir lá.

Alexandre não soube de onde veio o convite, mas sentiu um pouco de esperança de que ela pudesse aceitar, mesmo após Júlia se levantar e ir embora, afirmando que não apareceria.

Ele só precisava convidar Luiz e avisar Cristina.

ALEXANDRE
Filme lá em casa hoje à noite?

LUIZINHO
Temos prova amanhã, cara

Alexandre balançou a cabeça. Havia se esquecido completamente da prova de Virologia Geral. Já estudara um pouco com Luiz, no fim de semana, mas ainda precisava dar uma última revisada na matéria.

ALEXANDRE
Quer ir para lá agora?
Revisamos a matéria e terminamos antes de escurecer
Depois: filme
Aviso a Tina 😊

LUIZINHO

Para de me provocar, cara

Sua irmã não pensa em mim assim

ALEXANDRE

Só disse que ia avisar a ela

Não falei mais nada ☺

LUIZINHO

Combinado ☺

Ele sorriu quando colocou o celular na mesa. Era fácil convencer Luiz. Aliás, nem precisava de muito esforço. O amigo nunca recusava um convite para ir até a sua casa. Alexandre só esperava que a irmã um dia notasse o quanto Luiz gostava dela.

E, pensando em Cristina, voltou a pegar o celular.

ALEXANDRE

Luizinho vai estudar lá em casa agora

De noite, filme

TINA

Filme marcado, contem comigo

ALEXANDRE

Chamei a Júlia

Não sei se ela vai

TINA

Uau, quanta novidade!

Preciso saber de tudo

Mas agora preciso mesmo estudar

Alexandre terminou a pizza e o suco de laranja, e foi embora para casa, feliz.

O papel já estava um pouco gasto de tanto Júlia virá-lo em sua mão. Ela sorria, vendo aqueles telefones, aquela letra... Dava para notar que Alexandre se esforçara para deixar os números o mais visível possível, que pareciam reluzir. Um deles com o nome de Alexandre ao lado, o outro com o de Cristina.

O fato de os dois quererem ser seus amigos fez bem a Júlia. Era estranho e, ao mesmo tempo, bom saber que alguém estava disposto a se aproximar dela, ainda mais não sendo apenas uma, mas duas pessoas. Júlia não tinha amigos, mas, no fundo, os desejava. Companhia era algo que não fazia parte da sua vida desde que Samuel partiu. Seria bom ter outras pessoas ao seu redor.

Mas como saber quais as intenções dos irmãos? Será que era realmente ser seus amigos, ou apenas ajudá-la era o novo *"projeto do bem"* deles? Será que, depois que a conhecessem de verdade, ainda iriam querê-la por perto? Provavelmente não, já que Júlia sabia que não era alguém interessante para se conviver.

Ela já os adicionara em seus contatos no celular, sem saber se um dia mandaria uma mensagem a algum deles. Mas esta pequena ação também fizera bem a Júlia, e a Dra. Patrícia diria que ela estava progredindo, e que novos amigos era o que a garota precisava.

Sabia que sim, a psicóloga estava certa, embora jamais admitiria isto. Foi bom comer com alguém na faculdade, algo que não fazia há meses. A última vez que dividira uma pizza na Lanchonete da Dona Eulália havia sido com Samuel, sabe-se lá quanto tempo atrás.

E então Júlia se sentiu mal, pensando no amigo que se fora. Parecia que estava traindo a amizade dos dois. Tentou pensar no que Samuel falaria se a visse agora. Provavelmente, ficaria contente por ela e diria que precisava seguir adiante. É claro que sabia disso, mas seguir adiante quando se perde alguém importante é difícil.

Havia muitos momentos em que não queria seguir adiante. Se fosse sincera consigo mesma, o que nunca era, diria que, desde que Samuel se fora, ela jamais pensara em seguir adiante.

E agora estava ali, deitada em sua cama, sorrindo para um papel idiota e pensando que, talvez, não fosse uma pessoa má se fizesse novos amigos. Samuel sempre seria especial, as novas pessoas que entrassem em sua vida não ocupariam o lugar dele. Palavras da Dra. Patrícia, que ressoavam em sua mente.

Será que valia a pena tentar?

— O que você está fazendo aí, deitada? — disse Leonor, alto, entrando no quarto e assustando Júlia.

— Nada — respondeu Júlia, se sentando e fechando a mão rapidamente, tentando esconder o papel de sua irmã. — Não sabe bater na porta? E o que você está fazendo em casa de tarde?

— Tive médico hoje e saí mais cedo. Avisei ontem. Não presta atenção ao que eu falo?

— Eu me esqueci.

— Não viu que tem um monte de coisa para fazer na cozinha? Se não tem nada para estudar, podia ter lavado a louça.

Leonor ficou parada na entrada do quarto, e Júlia sentiu um alívio ao perceber que a irmã não vira o papel em sua mão.

— Terminei de estudar agora. Não posso nem descansar

por cinco minutos? — reclamou Júlia, se levantando e indo até a cozinha.

— Quanta petulância! Se não contribui para pagar as contas da casa, tem que ajudar de alguma forma.

Júlia respirou fundo e não olhou a irmã, quando esta entrou na cozinha atrás dela. Leonor sempre queria que Júlia fizesse os serviços da casa, afinal ela não trabalhava fora, então podia muito bem fazer tudo durante a tarde, quando o pai e a irmã estavam se matando para colocar comida na mesa dela. Uma ingrata que ela era!, segundo a sua irmã.

Leonor também gostava que Júlia sempre avisasse quando ia sair, ou demorar para chegar em casa, algo que irritava a garota. Mas como a própria irmã gostava de afirmar, eram ela e o pai quem pagavam todas as contas da casa, então Júlia devia satisfação de tudo em sua vida a eles.

— Talvez eu saia de noite — comentou Júlia, enfiando discretamente o papel no bolso da calça jeans.

— Sair? Para onde? Aonde uma garota de respeito vai em uma quinta-feira à noite?

— Céus, Leonor, é quinta, as pessoas visitam umas às outras, vão a bares e restaurantes. Parece que você vive no século passado.

— Não precisa ser grossa — disse a irmã, irritada, e Júlia contou até dez para não explodir também. — Você nunca sai de casa, e agora quer sair em dia de aula? Não tem que acordar cedo amanhã?

— Eu não estou mais no colégio, estou na faculdade, e sempre tive responsabilidade. Só vou até a casa de uns amigos ver um filme — respondeu Júlia, ensaboando alguns pratos, tentando soar o mais casual possível.

— Que amigos? Que eu saiba, era só o Samuel. Agora surgem esses *amigos* do nada? — Leonor se encostou na pia ao lado de Júlia, que tentou não olhar para o rosto da irmã, mas sentiu o desprezo quando ela falou a palavra *"amigos"*.

— Eles não surgiram do nada. É uma amiga e o irmão, os dois estudam na faculdade e me chamaram para ver um filme na casa deles.

— Quando os conheceu? Nunca falou deles e agora magicamente você tem dois amigos?

— Que saco, Leonor! Tenho que ficar dando satisfação de tudo da minha vida o tempo todo para você?

— Enquanto você morar aqui, tem que dar satisfação de tudo sim, para mim e para o papai — disse Leonor, saindo da cozinha.

Júlia ouviu a irmã fechar a porta do banheiro. E ficou pensando se ia até a casa de Alexandre. Ela estava se sentindo um lixo depois da conversa com Leonor. E uma sensação estranha percorreu seu corpo, de que seus temores podiam ter fundamento. Será que eles realmente queriam ser seus amigos? Com certeza, irmãos que ajudavam abrigos de animais e pareciam ser *"pessoas descoladas"*, como Leonor gostava de falar, jamais olhariam para alguém como ela.

E isto devia ter sido óbvio desde o início. Provavelmente, Alexandre e Cristina estavam, naquele exato momento, se preparando para assistir ao filme junto com o amigo, talvez até nem se lembrando mais de que ela fora convidada.

Júlia se recriminou por ter chegado a cogitar a possibilidade de ir até a casa deles. O mais provável é que a sua presença arruinaria a noite divertida de filme, que haviam programado.

Tentando controlar as lágrimas, pegou o papel com o telefone dos irmãos e o jogou no lixo.

Capítulo 10

Assim que chegou em casa, Alexandre deixou as compras na cozinha, pegou o celular e enviou outra mensagem, desta vez ao grupo da família, avisando sobre os planos para aquela noite

GRUPO FAMÍLIA VARGAS

ALEXANDRE
Eu e Tina vamos ver filme hoje com alguns amigos

PAI
Oba, casa só para nós, Renata

ALEXANDRE
Não, vamos ver o filme na sala de casa
Eu, Tina, Luizinho e uma amiga

PAI
Hum...

TINA
Deixa de besteira, pai.

MÃE
Precisam de algo?

ALEXANDRE

Não, valeu. Já comprei pipoca
e encomendei salgadinho

PAI

Eu quero salgadinho

MÃE

Eu também ☺

ALEXANDRE

Tem para todo mundo

Sem problema algum, então?

PAI

Tranquilo.

Eu e a sua mãe vamos ficar no quarto

Sem atrapalhar

MÃE

Desde que tenha salgadinho para nós

Após o banho, Alexandre colocou o caderno e a apostila de Virologia Geral na mesa da sala, e checou o celular. Nenhuma mensagem de Júlia. Não que esperasse alguma, mas seria legal se ela confirmasse que ia. Não sabia porque estava nervoso, provavelmente a garota não apareceria, como falara mais cedo.

E percebeu que devia ter pegado o número do celular dela, para poder conversar de vez em quando, embora Júlia, com certeza, teria se recusado a lhe dizer o telefone.

Quando Luiz chegou, os dois passaram a tarde revisando os pontos onde tinham mais dúvidas sobre a matéria.

— Cara, se eu vir mais um DNA viral na minha frente, acho que explodo — brincou Luiz, afastando a apostila e se espreguiçando.

— Haha, isso foi ótimo. Devia contar essa piada para o professor — comentou Alexandre, se levantando e indo até a cozinha.

— Deus me livre, ele ia me dar uma palestra sobre o entendimento do que é um DNA, e a diferença para o RNA e a importância de tudo para os estágios do ciclo de multiplicação viral, e porque não devo falar isso sem base científica. — Luiz estremeceu, ao se lembrar do professor de Virologia Geral. — Aquele cara acha que todo mundo já nasce sabendo tudo.

— E o professor ainda ia completar que você não consegue enxergar o DNA de um vírus. Nem o vírus — disse Alexandre, voltando da cozinha e entregando um copo de água para o amigo.

— Como você é engraçadinho. — Luiz bebeu a água. — Eu estava só brincando.

— Eu sei. — Alexandre se sentou. — Quer revisar mais alguma coisa?

— Não, acho que já chega, né? Se não aprendi tudo até agora, não vou aprender mais. Preciso descansar a cabeça.

— Ok.

Alexandre começou a guardar o material de estudo quando a porta se abriu e Cristina entrou.

— Oi, gente! — Ela entrou sorrindo, e Alexandre percebeu o rosto de Luiz se iluminar. — Muito estudo?

— Sim. Estamos discutidos como o mRNA é fundamental para produção de proteínas virais e, por isso, é considerado a "chave" da multiplicação viral — respondeu Luiz, lendo um trecho da apostila.

— Uau, que interessante — brincou Cristina. — Não quero saber de nada disso.

Ela parou ao lado deles e deu um beijo na bochecha de Luiz.

— Que pena, estava doido para debater sobre o assunto com você — comentou o rapaz, feliz.

— Ah, imagino que sim. — Ela sorriu e os dois ficaram se olhando, e Alexandre se perguntou se eles se lembravam de que ele estava ali. — Mas vou deixar você e o meu irmão conversando sobre esse assunto interessantíssimo, enquanto tomo banho para comer pipoca.

— E salgadinho! — completou Luiz. — Desde que fizeram a entrega que estou sentindo o cheiro vindo da cozinha. O Alexandre não me deixou comer nem um.

— Meu irmão é um malvado — respondeu Cristina, acenando e indo para o quarto.

Luiz ficou olhando o corredor do apartamento, por onde Cristina sumira, perdido em seus pensamentos, e Alexandre pigarreou.

— Isso foi tão... — disse Alexandre, se levantando novamente e levando o material dele para o quarto.

— O quê? — perguntou Luiz, indo atrás e colocando suas coisas em cima da mesa de estudos do amigo.

— Você e a Tina. Quando é que você vai se declarar?

— Cara, ficou maluco? Nunca! Já disse, não quero mudar a dinâmica do grupo. — Luiz fechou a porta do quarto, antes que Cristina ouvisse algo.

— Talvez a dinâmica do grupo não mude. Ou mude para melhor. — Alexandre deu de ombros.

— Você acha que tenho chances? — perguntou Luiz, com o olhar cheio de esperança.

— Só há um meio de saber.

— Cara... Não... Deixa para lá.

— Você é quem sabe. Mas ainda acho que devia tentar. Ou, pelo menos, me deixar tentar descobrir se tem alguma chance com ela.

— Vou pensar no assunto — respondeu Luiz.

E Alexandre sabia que aquilo significava que o amigo não pensaria no assunto.

A noite chegou e o humor de Júlia não melhorou. Ela serviu um prato do jantar e foi comer em seu quarto, como sempre. Pelo menos, Leonor não falou mais com ela, o que significava algumas horas de paz para a garota.

Após comer, ela se encontrou com Inês na portaria do prédio. A mãe de Samuel enviara uma mensagem à garota, avisando que ia até a padaria próxima para comprar algumas coisas, e queria saber se Júlia se animava a acompanhá-la.

Júlia não pensou duas vezes, trocou de roupa e desceu. Tudo para ficar longe de casa.

— Você parece tristonha — comentou Inês, quando elas começaram a andar. — Quer falar sobre o assunto?

— Não foi nada. O de sempre — balbuciou Júlia, tentando impedir as lágrimas, que não pararam de cair desde a briga com Leonor, de voltarem.

— Eu queria que a sua irmã visse a garota maravilhosa que você é — disse Inês, pegando a mão de Júlia. — E queria que você visse isso também.

Júlia deu uma risada fraca e apertou a mão de Inês.

— Não tem nada de mais comigo. Eu sou... comum e sem graça.

— Muitas coisas que parecem comum e sem graça são, na verdade, maravilhosas.

— Obrigada. — Júlia sorriu e tentou mostrar confiança para a mãe do amigo.

Era incrível como Inês conseguia fazer Júlia se sentir melhor todas as vezes que se encontravam. Ela lhe lembrava muito Samuel.

O amigo era a pessoa mais especial que já conhecera. Nunca tinha um dia ruim, havia sempre uma palavra encorajadora em sua boca. A vida ao lado de Samuel era animada e diferente.

Ele conseguia fazer com que Júlia se esquecesse dos problemas, e do fato de Leonor pegar em seu pé todos os dias. Tinha o poder de transformar a tristeza da amiga em uma piada, só para arrancar risos dela.

Samuel também conseguia fazer com que Júlia se sentisse especial, e menos inferior em tudo. Para cada palavra ruim que Leonor jogava em cima dela, ele trazia duas para cobrir o estrago feito pela irmã mais velha.

E Júlia pensou se algum dia voltaria a se sentir do mesmo modo como quando Samuel estava ao seu lado. Ela gostou de passar alguns minutos com Alexandre. Ele parecia um cara legal, mas outros caras que pareciam legais também faziam coisas ruins. Mas podia não ser apenas a fachada dele, Alexandre realmente podia ser legal.

A Dra. Patrícia estava certa, Júlia precisava começar a impedir que Leonor interferisse em todos os centímetros de sua vida. Mas como fazer isso, dividindo o mesmo teto com a irmã? Dependendo financeiramente dela?

O que Júlia precisava era começar a se reerguer e a procurar um novo emprego, como fizera no começo do ano, antes de as aulas começarem.

— O que tem ocupado essa cabecinha? — perguntou Inês, quando as duas saíram da padaria.

— Estou pensando se já consigo voltar a trabalhar.

— Isso é ótimo! — comentou Inês. — Vai te fazer bem e te distrair.

— E ter algum dinheiro.

— Sim. Isso vai deixar a Leonor mais branda.

— Não sei se ela um dia será... branda. — Júlia tentou visualizar a irmã calma, feliz e menos amargurada.

— Quem sabe?

— O que nós precisamos é de uma distância. Eu conversava muito com o Samuca, sobre começar a direcionar a minha vida para um dia sair de casa.

— Ele me falou. — Elas chegaram no prédio e entraram no elevador. — Sempre haverá espaço para você lá em casa.

— Eu sei. Mas a sua casa é muito perto da Leonor.

Júlia ficou pensando na cara da irmã, se falasse que se mudaria para o apartamento de Inês.

A pipoca e os salgadinhos preenchiam a mesinha no centro da sala. O sofá foi afastado e sua base usada de encosto, com algumas almofadas jogadas no chão.

Alexandre checou o celular e se sentou, pegando uma bolinha de queijo.

— Cara, vamos ver logo esse filme — pediu Luiz, quando Cristina chegou da cozinha com uma garrafa de refrigerante.

— Ok — respondeu Alexandre, sem clicar no botão do play.

— Vamos, Alex. Já estamos todos aqui — comentou Cristina, e ele sabia o que ela queria dizer.

Júlia não apareceria.

Capítulo 11

A prova de Topografia Aplicada ao Paisagismo foi mais fácil do que Cristina esperava. Ela não demorou tanto para fazer, e ficou aguardando Vitória do lado de fora da sala.

A amiga também não demorou muito a sair.

— Se soubesse que a prova não seria tão difícil, não teria me estressado estudando tanto — comentou Vitória, quando as duas começaram a andar pelo corredor.

— Só valeu a pena porque terminamos rápido — disse Cristina, checando as horas no celular. — O que acha de irmos ao shopping agora? Preciso comprar uma blusa preta, para combinar com a saia que comprei pela internet.

— Pensei que ia usar com aquela que você tem, com uns detalhes em prata.

— Não ficou legal quando vesti. Quando vi a saia na internet, achei que combinaria perfeitamente, mas ela chegou ontem e ficou um caos.

— Que droga. — Vitória também checou o celular. — Não vou poder ir com você, a mamãe quer que eu pegue o Vinícius na escola hoje — disse a garota, mostrando o celular para a amiga, onde a mãe pedia que buscasse o irmão mais novo, após sair da faculdade.

— Tudo bem, não vou reclamar por você ser babá daquele menino fofo. Só fico triste por ter que ir sozinha — explicou Cristina.

— E o seu irmão? — quis saber Vitória, e Cristina quase fez um comentário sobre a amiga ainda estar interessada em Alexandre, mas decidiu ignorar.

CARTAS PERDIDAS PELO CAMINHO

— Ele também está fazendo prova, não sei que horas termina.

— Bom, eu queria muito te acompanhar, mas hoje não vai dar. — Elas pararam na entrada do prédio de Belas Artes. — Nos vemos amanhã, na festa?

— Claro! — respondeu Cristina, se despedindo da amiga.

Após Vitória ir em direção à saída da faculdade, Cristina enviou uma mensagem para o celular de Alexandre, e decidiu ir até a Lanchonete da Dona Eulália, esperar o irmão. Mas ao chegar lá e ver Júlia sentada, com os fones de ouvido e lendo um livro, teve uma ideia.

Cristina foi se aproximando da mesa que a garota ocupava, quando Júlia levantou os olhos.

— Ah, céus — resmungou Júlia, e Cristina fingiu que não ouviu.

— Oi, tudo bem? — comentou Cristina, se sentando em uma cadeira ao lado de Júlia. — O que está lendo?

— Você e seu irmão não desistem? — Júlia tirou os fones do ouvido e fechou o livro, que Cristina pegou e começou a folhear.

— Claro que não, somos os irmãos Vargas. Nada nos detém. — Cristina fez uma careta. — Essa frase de efeito não tem efeito.

— Eu já estava de saída — disse Júlia, pegando o livro das mãos de Cristina e guardando na mochila.

— Ah, que bom, eu também. — Cristina se levantou. — O que acha de me acompanhar até o shopping, e me ajudar a escolher uma blusa?

— É sério isso? — perguntou Júlia, olhando para os lados.

— Sim, seríssimo.

— E por que quer a minha companhia? Não entendo nada de moda.

— Bem, você me parece ser uma pessoa bem sincera. Posso apostar que se alguma blusa ficar horrível em mim, não terá nenhuma objeção em falar que não gostou. — Cristina detectou um esboço de um sorriso no rosto de Júlia, quando elas começaram a andar. — Então, é exatamente este tipo de pessoa que preciso para me acompanhar em uma compra.

— Não posso ir. Eu...

— Você já tem outro compromisso?

— Não, eu...

— Por favor! — Cristina se colocou na frente de Júlia. — Minha amiga teve que ser babá do irmão mais novo, não tenho ninguém com quem contar, só você.

— Ah, então estou indo porque a sua amiga não vai?

— Não, não. — Cristina piscou para Júlia. — Você está indo porque te encontrei na lanchonete, e preciso de alguém sincero. Minha amiga não vai, mas não sei se ela falaria a verdade verdadeira.

— Então você também tem amigos falsos?

— Não, meu Deus, isso soou péssimo, né? — Cristina riu e Júlia a acompanhou, e ela pensou que tinha ganhado um ponto com a menina. — É que a Vitória tem um leve interesse no meu irmão, então ela não me contraria em nada. E, no momento, estou precisando de alguém que será sincero porque só quer ver a gente longe. — Cristina pegou a mão de Júlia entre as suas. — Por favor, por favor, por favor.

— Eu... — Júlia suspirou. — Estou indo para casa...

— Ah, vamos para o shopping. Vai ser muito mais divertido do que ir para casa. A gente toma sorvete, come batata frita, sanduíche, pizza, o que você quiser. — Cristina tentou fazer sua melhor voz para convencer alguém. — Por favor...

Júlia pegou o celular e começou a digitar, e Cristina se perguntou se falara algo errado.

— Tudo bem, vamos para o shopping — respondeu Júlia.

— Oba!

Desde pequeno, Alexandre ouvia os pais falando que estudar com antecedência era a melhor forma de se preparar para uma prova.

— Estude todos os dias um pouco. Quando a prova chegar, você saberá a matéria de cor — dizia o pai, e Alexandre virava os olhos e fingia que não escutava. Pelo menos, enquanto estava na escola.

Ele fora um aluno na média, estudava porque precisava aprender e passar para o ano seguinte. Algumas matérias ele aguentava, mas a Biologia sempre o fascinou. Como o melhor aluno da turma, só tirava dez nas provas e trabalhos. Era a sua paixão, e soube que seguiria por este caminho na faculdade.

Quando entrou para o curso de Microbiologia na Universidade da Guanabara, ficou amigo de Luiz. Os dois compartilhavam o interesse pelos microrganismos, e Alexandre passou a usar o lema dos pais: estudar sempre, todos os dias um pouco. Luiz era um aluno excelente, daqueles que só de ouvir o professor explicando algo na sala, já entendia a matéria. Alexandre aprendeu muito com ele e, embora o amigo gostasse de reclamar um pouco dos professores e das aulas, os dois se divertiam e se ajudavam.

Mas Virologia Geral foi um amor à primeira vista para Alexandre, embora ele tivesse a certeza de que queria trabalhar com fungos. Só que conseguiu compreender a vida e estrutura dos vírus, mesmo eles sendo seres muito difíceis de visualizar. O Departamento de Ciências Biológicas possuía apenas um microscópio eletrônico, única forma de se observar um vírus, e Alexandre ficou fascinado na primeira vez que usou o aparelho.

Já Luiz, entendia a dinâmica dos parasitas, mas achava tudo um pouco entediante. Ele gostava mais das bactérias, seres mais interessantes e mais fáceis de trabalhar, como gostava de falar.

— Espero não ver um vírus nunca mais na minha frente — comentou Luiz, quando ele e Alexandre saíram do prédio do Departamento de Ciências Biológicas. — Que prova chata!

— Foi bem chata mesmo — disse Alexandre. — Mas sinto te deixar triste, sempre encontraremos com os vírus. A parte boa é que você não os verá. Ou isto é uma parte ruim?

— Nossa, olha como ele está engraçadinho hoje — provocou Luiz. — O que aconteceu? Ontem de noite você estava um pouco estranho, e hoje de manhã te achei meio tenso.

— Era a prova — mentiu Alexandre.

— Você mente mal.

Eles pararam na Lanchonete da Dona Eulália e ocuparam uma das mesas. Alexandre pegou o cardápio, enquanto Luiz checava o celular.

— E aí? Hoje vamos comer o prato executivo número quatro? — perguntou Alexandre, e Luiz concordou.

Quando a lanchonete surgiu com um cardápio especial de almoço, com dez pratos diários, eles decidiram que provariam todos, e agora comiam seguindo a ordem, quando Luiz e Cristina não pediam pizza e batata frita.

Luiz fez os pedidos para um funcionário.

— E a sua irmã? Não vai almoçar com a gente? — perguntou Luiz, tentando soar de forma casual, mas Alexandre detectou uma pontada de ansiedade na voz do amigo.

— Não sei. Ela também tinha prova hoje.

Alexandre pegou o celular para mandar uma mensagem para a irmã, mas viu que ela já havia se adiantado e enviado várias a ele.

TINA

Vim para o shopping
Adivinha quem está comigo?

Meu Deus, essa sua prova não termina nunca?

Estou com a Júlia!
Isso mesmo, consegui convencê-la a vir comigo
Uhu!

Meu Deus, Alexandre, termina essa prova logo

Bom, já almoçamos e agora estamos procurando uma blusa

ALEXANDRE

Terminei a prova agora
Sério que ela foi com você?
Como ela está? Disse por que não foi ontem?

TINA

Não perguntei

ALEXANDRE

Eu e o Luizinho pedimos almoço aqui na Eulália
Mas posso cancelar e ir aí

TINA

Almocem aí e venham mais tarde
Dê um tempo para nós duas aqui
Não vamos espantar a menina

ALEXANDRE

Combinado

— O que aconteceu? — perguntou Luiz.

— Nada. A Tina já foi embora. Ela está no shopping vendo roupa, ou algo assim, com uma amiga. Quer ir lá, depois, encontrar as duas?

— Claro. — Luiz sorriu.

Capítulo 12

Passar a tarde em um shopping, passeando com uma amiga, era algo que Júlia não pensou que aconteceria tão cedo. Desde a partida de Samuel, sua vida parecia um limbo, onde ela apenas flutuava de uma aula para outra, levando tudo como podia.

Claro que sonhava em fazer os programas normais que as garotas da faculdade faziam: shopping, cinema, festas, shows. Mas tudo isto estava muito distante da realidade de Júlia.

Ela não tinha amigas no curso de Química. Samuel sempre a incentivara a conversar com as garotas de sua turma, mas ela não conseguia fazer contato. Apenas trocava algumas palavras durante as aulas, sem muita aproximação. As companheiras de curso eram muito diferentes dela, todas alto-astral e antenadas com tudo do mundo e da vida estudantil.

E, agora, estava ela ali, ao lado de uma garota que parecia saber o que queria da vida.

Júlia e Cristina almoçaram na praça de alimentação, depois andaram pelo shopping até Cristina encontrar uma blusa que a agradou. Júlia não emitiu muita opinião, já que a roupa foi comprada na segunda loja em que entraram.

— Tudo bem se meu irmão vier encontrar a gente aqui? — perguntou Cristina, mexendo no celular enquanto as duas tomavam sorvete em uma sorveteria nova, cheia de doces, cereja, waffle e outros desenhos estampando as paredes.

— O shopping é público — comentou Júlia.

— Uau, o Alexandre vai amar ouvir isso.

GRACIELA MAYRINK

— É, fui meio grossa. — Júlia deu de ombros. — Tudo bem. Cristina sorriu e digitou algo no celular.

Secretamente, Júlia estava um pouco curiosa em encontrar Alexandre de novo. Ela se surpreendeu com a tarde agradável que passou com Cristina, e não queria voltar para casa tão cedo. E, se isso significasse passar mais um tempo com Alexandre, tudo bem, ela não se oporia. Ele podia ser tão legal quanto a irmã.

Quando Cristina apareceu na sua frente, mais cedo, Júlia se mostrou receosa em ir ao shopping com ela. Mas pensou muito, e não conseguiu resistir à insistência da garota. Ela não tinha nada para fazer, iria para casa e se enfiaria no quarto a tarde toda, esperando Leonor chegar e azedar o ambiente.

Então decidiu aceitar o convite, um passeio não faria mal. E assim descobriria o que realmente Cristina e Alexandre queriam com ela. A Dra. Patrícia ficaria tão orgulhosa!

Júlia apenas enviou uma mensagem no grupo da família, avisando ao pai e à irmã que não chegaria cedo em casa, porque iria para o shopping com uma amiga.

— Por que você não foi ontem lá em casa? — perguntou Cristina.

— Não consegui — respondeu Júlia, de forma honesta.

Ela já esperava pela pergunta, não fora pega de surpresa. E havia pensado em várias mentiras que poderia contar, mas decidiu falar a verdade. Se realmente ia tentar ser amiga dos irmãos, tinha que começar a amizade com sinceridade.

— Entendo — respondeu Cristina, mordendo o lábio. — Foi... A sua irmã? — Cristina encolheu os ombros quando Júlia piscou várias vezes. — Ai, desculpa, acho que sou um pouco direta. Ok, ok, isso não foi legal.

— Tudo bem, você e seu irmão sabem de muita coisa.

— Não devíamos saber. — Cristina sorriu. — Quero dizer, queremos saber, e queremos te ajudar, se pudermos, mas nosso começo foi meio estranho, né?

— Sim.

— E eu entendo se você não quiser falar sobre o assunto, mas saiba que estou aqui, e pode falar à vontade.

— Tudo bem. Obrigada. — Júlia suspirou. — É complicado, e estranho mesmo, vocês saberem, mas não quero falar disso. Não agora. Hoje está sendo legal.

— Que bom! — Cristina abriu outro sorriso, ainda maior, e Júlia se sentiu um pouco contagiada pela felicidade da garota. — Sabia que o Alex ficou chateado por você não ter ido ontem?

— Chateado?

Júlia se assustou. Será que ela realmente fazia tudo errado?

— Ah, não, não expliquei direito. Quero dizer, chateado por você não ter ido, e não com você. — Cristina baixou o tom de voz. — Ele comprou uma tonelada de salgadinhos, dos sabores mais variados, porque não sabia qual você gostava.

— Sério? — Júlia ficou surpresa. Nunca alguém comprara uma tonelada de salgadinhos por causa dela. — Desculpa ter feito o seu irmão comprar muita comida.

— Ah, imagina! — Cristina sorriu, se lembrando de alguma coisa. — Ninguém se importou. Agora, temos salgadinhos para vários dias, o que nos dá uma boa desculpa para jantar coxinha e bolinha de queijo. — Cristina olhou o celular e depois Júlia. — O Alex ficou triste, de verdade, por você não ter ido.

— É? Bem, a Vitória pode ajudar na tristeza dele — disse Júlia, se arrependendo.

Ela não soube de onde aquela frase saiu, porque pareceu que estava com ciúmes da amiga de Cristina.

Mas Cristina pareceu não se importar, porque começou a rir com vontade.

— Ah, meu Deus, isso é ótimo! E péssimo, caramba. — A garota enxugou uma lágrima, que caiu de tanto rir. — Ele não pensa nela assim. — Ela balançou a cabeça. — Coitada, já falei várias vezes para desistir do meu irmão. Ele é... — Cristina deu de ombros. — Sei lá, só sei que o Alex não quer nada com a Vi.

— Eu não me importo, nem sei por que falei isso — respondeu Júlia, porque ela realmente não se importava. E realmente não sabia o motivo pelo qual havia dito aquela frase.

O que importava a ela era o fato de Alexandre ter ficado triste, por não ter ido para a noite de filmes que ele planejara. Júlia se sentiu bem, e até especial, pelo garoto ter ficado esperando por ela. E por ter comprado salgadinhos variados por causa dela.

— Não se preocupe, não vou contar para a Vi que você falou isso — disse Cristina, e Júlia quase perguntou se contaria ao Alexandre, mas preferiu ficar calada, antes que falasse alguma outra besteira. — Ela está toda animadinha com a festa de amanhã, e já avisei para não ter esperanças de ficar de novo com o meu irmão. Isso não vai acontecer, mas... Não tenho como apagar o sentimento dela pelo Alex.

— Então ela gosta dele de verdade? — perguntou Júlia, omitindo a parte sobre *"ficar de novo"* com Alexandre.

— Não sei se gosta de verdade, se está apaixonada, mas ela é bem empolgadinha com ele. E tem vontade de ficar novamente, eu acho, mas não vai rolar. — Cristina balançou a cabeça. — Ei, você vai à festa amanhã? Vamos juntas!

— Festa? — Júlia se mostrou confusa sobre qual festa ela deveria ir.

— A festa da Ciências Biológicas, que vai ter amanhã. Vai ser muito legal.

— Ah — comentou Júlia, porque não queria confirmar que não estava por dentro das festas que aconteciam na universidade.

Cristina e Alexandre já sabiam muito sobre ela e, provavelmente, desconfiavam que Júlia não tinha vida social, mas não precisavam da confirmação disto.

— Se não tiver conseguido comprar um ingresso, o Alex pode tentar com algum amigo. Sempre alguém tem um extra, que não vende, e acaba sobrando.

— Acho que vai ficar para a próxima, amanhã vou estar ocupada — mentiu Júlia.

— Que pena. Mas se decidir ir, me avise, ou mande uma mensagem para o meu irmão. A gente dá um jeito. — Cristina pareceu genuinamente triste. E logo depois, sorriu. — Olha o Alex ali.

Ao se virar, Júlia sentiu o coração acelerar. Alexandre vinha em sua direção, todo sorrisos e fios de cabelo revoltosos pela cabeça. Ao seu lado, outro cara, igualmente sorrisos, o acompanhava.

Alexandre viu a irmã assim que avistou a sorveteria. E quando Júlia se virou, ele sentiu uma expectativa dentro dele, que o fez sorrir de forma sincera.

Desde que encontrara as cartas, Alexandre se preocupava de verdade com uma garota que nunca havia visto. E agora aquela garota estava ali, na sua frente, e talvez um pouco disposta a aceitar a sua ajuda. Ou, pelo menos, a sua presença na vida dela.

Ele não sabia o que era crescer em um lar estranho, onde as pessoas mal se falavam e se atacavam quando isto acontecia. Queria descobrir mais sobre a vida de Júlia, os seus problemas e o motivo de a irmã desprezá-la tanto.

Quando ele e Luiz pararam ao lado da mesa que as duas ocupavam, Júlia não se levantou e Alexandre não a abraçou, ou fez qualquer movimento. Ele apenas a cumprimentou com um *"oi"* enquanto Cristina apresentava Luiz para a garota.

— Pensei em assistirmos algum filme, o que acham? — sugeriu Cristina, e Luiz se mostrou animado.

— Eu topo, só quero um sorvete antes — comentou o amigo, indo até o balcão que exibia vários sabores convidativos.

— Também topo — disse Alexandre, se afastando da mesa para dar a chance de Júlia recusar a ida ao cinema apenas para Cristina. A última coisa que queria era constranger a garota.

Alexandre se aproximou de Luiz e eles compraram sorvetes e voltaram até a mesa, com Luiz se sentando ao lado de Cristina e Alexandre ao lado de Júlia.

— Tem um filme legal começando daqui uns quarenta minutos — disse Cristina, mostrando o celular para Luiz.

— Você pode ficar aqui mais um pouco? — perguntou Alexandre, olhando Júlia.

— Sim. Avisei em casa que vinha ao shopping — sussurrou a garota, e Alexandre percebeu que ela estava um pouco tensa e sem graça.

— Ei, depois a gente podia ir até aquela lanchonete nova, que abriu semana passada aqui. Comer pizza, tomar milkshake... — sugeriu Luiz, olhando Cristina. — Batata frita. — Ele piscou um olho para ela.

— Você falou as minhas palavras mágicas. — Cristina sorriu.

— O que acha? — perguntou Alexandre, mais uma vez olhando Júlia.

— Talvez. Vamos ver. — Ela sorriu e Alexandre sorriu de volta.

Capítulo 13

Embora a tarde e a noite tivessem sido agradáveis, Alexandre chegou em casa sentindo que faltava algo. Ele não conseguiu conversar direito com Júlia porque Luiz estava junto, e não queria falar sobre os problemas da garota na frente do amigo. Era algo particular dela, não para ser discutido e analisado entre hambúrguer e milkshake, em uma mesa de uma lanchonete.

Tudo bem que não respeitou a privacidade dela quando leu suas cartas, mas Alexandre se sentia um culpado inocente, porque as cartas fizeram com que ele e Cristina conhecessem a garota, e agora podiam entrar em sua vida e tentar alguma mudança.

Ele não havia planejado como fazer a tal mudança, mas descobriria ao longo do caminho. Antes, precisava saber o que realmente acontecia na vida de Júlia.

— Quer alguma coisa? — perguntou Alexandre, para Cristina, indicando a cozinha quando entraram em casa.

— Um copo de água.

— Só?

Cristina franziu a testa e sorriu.

— Você vai comer algo? Eu estou entupida até a cabeça de comida.

— Bem, talvez uma ou duas empadinhas de queijo. — Alexandre levantou os ombros, esperando Cristina pegar no seu pé.

— Só água mesmo.

Ela foi para o quarto e Alexandre entrou na cozinha, encontrando o pai em frente à fritadeira elétrica.

— Ei, filhão, quer que esquente algum salgadinho? — Sérgio indicou o aparelho.

— Vou querer empadinha. — Alexandre abriu a geladeira e pegou a embalagem onde guardara as empadas. — Quer mais alguma?

— Já comi muito. Agora é só a saideira — brincou Sérgio, retirando os salgadinhos da fritadeira.

Alexandre colocou três empadinhas para esquentar e se sentou em uma cadeira, observando o pai, que arrumava os salgadinhos em uma travessa.

— Pai, como ajudar alguém que tem problemas em casa?

Sérgio parou a arrumação da comida e encarou o filho.

— Que tipo de problema?

— Não sei muito bem. — Alexandre sentiu as bochechas corarem. — Eu conheci uma garota...

— Ah. — Sérgio sorriu.

— Não é nada disso. — Alexandre balançou a cabeça. — Ela é só uma amiga, só mesmo. Mas tem algum tipo de problema em casa que ainda estou descobrindo. O que sei é que ela não se dá bem com a irmã, acho que a irmã meio que atrapalha a vida dela, critica tudo o que ela faz... Se entendi direito, acho que é uma espécie de... Não sei como falar.

— Toxicidade familiar?

— Nossa, não sei. — Alexandre se espantou. Nunca havia parado para pensar naquela palavra e no contexto dela dentro de uma casa. — Talvez?

— E os pais dela?

— Não sei nada sobre a mãe, mas o pai parece que é um pouco omisso em relação ao que acontece entre as filhas.

— Hum... Complicado isso. — Sérgio ficou pensativo. A fritadeira apitou e Alexandre retirou as empadinhas de dentro. — Tente descobrir melhor se é isso mesmo o que está acontecendo com ela, desde quando acontece... Primeiro, você precisa entender todo o contexto para poder ajudar. Mas só de estar ao lado da garota, e mostrar que você é realmente amigo dela, pode já ser suficiente. Vou pensar em como ajudar. Posso conversar com a sua mãe, ela é melhor nessas coisas do que eu.

— Ok. — Alexandre sorriu. — Valeu, pai.

Sérgio saiu da cozinha. Alexandre serviu um copo de água e foi até o quarto de Cristina.

Quando entrou, a irmã estava mexendo no armário.

— Pode deixar a água aí em cima. — Cristina indicou a mesinha de cabeceira, fechando o armário. Ela se aproximou do irmão, que se sentou na cadeira da mesa de estudos. — Vou pegar uma empadinha.

— Ei, você disse que não queria. — Alexandre sorriu, estendendo o prato.

— Você disse que ia comer duas e trouxe três. Pensei que a extra era para mim.

— Pensei que estava entupida até a cabeça.

— E estou. — Cristina comeu a empadinha. — Foi bem legal hoje, né?

— Sim. — Alexandre colocou uma empadinha inteira na boca. — O que você e a Júlia conversaram antes de eu chegar?

— Nada. Ela não quis falar sobre os problemas. Disse que estava sendo um dia legal e não queria estragar. — Cristina pegou o pijama em cima da cama e encarou o irmão. — Vamos com calma, Alex. Nos enfiamos na vida da garota sem sermos convidados, ela não nos conhece, está com um pé atrás. Precisamos ganhar a confiança dela.

— Ok. — Ele apertou os lábios. — Eu meio que contei dela para o papai.

— O que você disse? — Cristina arregalou os olhos.

— Não muito, até porque não sei muita coisa. Só falei por alto, perguntei como ajudar alguém que tem problemas em casa.

— E o que ele disse?

— Que vai conversar com a mamãe. E que é para eu descobrir melhor o contexto da situação da Júlia.

— Bem, não tenho dúvidas de que você vai realmente descobrir o contexto. — Cristina sorriu, balançando a cabeça.

— O que você quer dizer com isso?

— Que eu te conheço e você não vai desistir.

— Não mesmo.

Alexandre colocou a outra empadinha na boca, e deixou o quarto da irmã.

Havia um bom tempo que Júlia não se divertia tanto como naquela sexta-feira. Ela chegou em casa leve, até um pouco feliz. E ficou ainda melhor quando entrou no apartamento e encontrou tudo escuro.

Não era tarde, mas seu pai e Leonor já estavam cada um em seu quarto, e Júlia agradeceu por isto. Não queria estragar aquele momento.

Ela tomou um banho e, ao ir para o quarto, encontrou Leonor vindo da cozinha.

— Demorou essa ida ao shopping, hein? — comentou a irmã, um pouco sarcástica.

— Decidimos ir ao cinema — respondeu Júlia.

— Podia ter avisado, né? — reclamou Leonor. — E que amiga é essa? A que te convidou outro dia para um filme na casa dela?

CARTAS PERDIDAS PELO CAMINHO

— Sim, ela é da faculdade, você não conhece — disse Júlia, tentando ir para o quarto. Antes de entrar, ela se virou e encarou a irmã. — Por que você me odeia?

Leonor pareceu surpresa com a pergunta. Júlia também se surpreendeu ao fazê-la, mas queria ouvir da irmã o motivo daquela raiva toda. Ela sabia o motivo, mas queria que Leonor falasse novamente.

— Eu não te odeio — disse Leonor, suspirando, e Júlia sentiu sinceridade na voz dela.

— Mas você não gosta de mim.

— Não é isso. — Leonor balançou a cabeça, e Júlia teve a impressão de que a irmã se segurava para não chorar. — Eu não gosto do que aconteceu. Do que você representa. O fato de você estar aqui significa que a mamãe não está.

— Não foi minha culpa — sussurrou Júlia.

Ela já havia repetido aquela frase várias vezes.

— Em parte é. — Leonor suspirou novamente. — Não quero ter essa discussão de novo.

— Mas precisamos falar, resolver isso — comentou Júlia, se lembrando dos incentivos da Dra. Patrícia, que dizia várias vezes que o melhor caminho é sempre uma conversa honesta. — Eu queria que fôssemos amigas, queria que você percebesse que eu também sofro e que não tenho culpa.

— Eu não consigo. — Leonor mordeu o lábio. — Eu nunca vou te perdoar por ter tirado ela de mim. Não quero conversar sobre isso, nem hoje, nem nunca.

A irmã mais velha foi para o quarto, fechando a porta e mostrando a Júlia, mais uma vez, que não queria resolver aquela situação.

Júlia entrou em seu quarto e se sentou na cama, sentindo o peito apertado, dominado pela tristeza, e se recriminando por ter tocando no assunto com Leonor. Já devia ter aprendido que a irmã jamais iria mudar porque não queria mudar. Não adiantava só ela, Júlia, desejar uma convivência boa e um relacionamento saudável e de amizade, quando Leonor não fazia a menor questão de que elas se entendessem.

Tentando não ficar ainda mais triste, ela pegou o celular quando a tela se acendeu. E sorriu ao ver uma mensagem de Alexandre.

ALEXANDRE

Sei que falou que não quer ir à praia amanhã, mas se anime em ir à festa.

Vai ser legal!

Júlia ainda mantinha o sorriso no rosto quando trocou de roupa, se lembrando dos novos amigos insistindo para que fosse à praia, no dia seguinte, com eles.

Apesar de morar no Rio de Janeiro, ela não se lembrava qual fora a última vez que pisou na areia. Não achava que nada ficava bom nela, principalmente um biquíni ou maiô. Nem com Samuel, que era seu melhor amigo, ela ia à praia ou piscina. E não adiantava Samuel e Inês a elogiarem, dizerem que era bonita. Ela sabia que eles só falavam estas coisas porque a amavam e queriam vê-la bem.

Júlia não conseguia gostar de uma simples calça jeans e uma blusa em seu corpo, quanto mais um traje de banho. Isto era a última coisa que pensava em usar, principalmente na frente dos novos amigos.

Ela balançou a cabeça, para espantar a lembrança, tentando ocupar a mente com os acontecimentos daquele dia. Ao se deitar na cama, colocou o celular de cabeça para baixo na mesinha de cabeceira e se virou, ficando de costas para ele. Jamais iria para a praia, e a festa... Bom, a festa ela ainda não sabia.

Alexandre insistira muito, quando foram lanchar após o filme. Dissera que não se preocupasse, que poderia conseguir um ingresso facilmente com algum amigo, e o fato de ele querer Júlia lá, na festa, e tentar de alguma forma conseguir um convite para que não perdesse o evento, fez ela se sentir especial novamente.

Como seria chegar em uma festa atualmente? Fazia quase um ano que não ia a uma. Ela queria e não queria ir. Sabia que podia se divertir com os novos amigos, mas será que não teria o risco de, chegando lá, eles perceberem que ela não é tão divertida quanto eles?

Júlia fechou os olhos, apertando-os com força.

— Queria você aqui, Samuca — sussurrou, para o vazio do quarto.

Oi, Samuca,

Euzinha. Amo te chamar de Samuca. Lembro a primeira vez, você ficou chateado. Depois passou a gostar. E eu passei a guardar para ocasiões especiais.

Como no dia que você me consolou porque briguei com Ela. E no dia que Ela falou que a filha da vizinha tinha entrado na academia e estava muito bem, e eu precisava fazer o mesmo. Como se eu quisesse ser igual à filha da vizinha. Ela sempre acha que tudo meu é errado.

Que droga, a Dra. Patrícia disse para eu colocar no papel o que está dentro de mim, e eu pensei que ia conversar sobre você, mas só consigo falar Dela. Que saco!

Como você está? Faz frio aí? Sente saudades de mim?

Será que você está conseguindo ler as cartas? Você lê daí? Ou só escuta a voz na minha cabeça?

Ontem, eu fui ao shopping e tomei sorvete. Tinha muito tempo que não tomava. E depois fui ao cinema. E lanchei com uns amigos. Sim, isso mesmo que você ouviu/leu: fiz novos amigos. Eu acho.

Sabe, o enxerido que pegou as cartas, até que ele é legal. E a irmã dele também! Ela me levou para o shopping. Praticamente me arrastou ha ha ha ha mas no fundo, eu queria ir, só não ia falar abertamente na frente dela.

E foi tão legal!!!!!!!!!!!!!! Tinha séculos que não me divertia. E, ao mesmo tempo, é tão estranho ter uma turma de amigos só minha. Eu sempre fui sua amiga e amiga dos seus amigos, mas agora eles são apenas meus amigos. É tão estranho. É tão... bom e diferente. Foi como se eu fosse uma garota normal, curtindo o dia com a minha turma.

Não me entenda mal, sempre gostei dos seus amigos, mas eles eram... seus.

Você sabe que há anos eu só tenho você comigo, já que toda amiga que eu fazia, Ela amava criticar. Isso foi me cansando, até que desisti e aceitei ser amiga dos seus amigos, assim não levava ninguém lá em casa e Ela me deixava em paz.

Só não precisa se preocupar, eles nunca vão ocupar o seu lugar. Ninguém vai. Queria você aqui para tomarmos sorvete hoje. E comermos batata frita. E pizza.

Pizza nunca mais teve graça sem você para encher sua fatia de ketchup e estragar ela toda.

Te amo

P.S.: Você ainda me ama? Às vezes, penso se só você me ama.

P.S.2: Acho que a Cristina nem percebe o quanto o Luiz é apaixonado por ela.

P.S.3: Quando voltei, tive uma conversa triste e sem futuro com Ela. Mas não quero falar disto com você, não agora.

P.S.4: Não tenho a menor ideia de onde vou deixar esta carta. Talvez eu a queime... Não sei. Mas no banco não deixo mais. O Alexandre (é tão estranho escrever o nome dele) não vai mais pegar lá, mas agora tenho medo de outra pessoa pegar. E, aqui em casa, não posso correr o risco Dela encontrar.

Capítulo 14

Acordar empolgada com alguma coisa não fazia parte da rotina de Júlia, e a garota adorou o novo sentimento.

Era como se o dia estivesse diferente, mais ensolarado, brilhante. Vibrante.

Ela saiu da cama animada com a possibilidade de ir a uma festa da faculdade. E também estava ansiosa e nervosa.

Como seria a festa? Ela e Samuel não chegaram a ir a nenhuma. Poucos dias depois de entrarem na Universidade da Guanabara, Samuel sofreu o acidente, e festas foram riscadas da lista de Júlia. Porque ele tinha ido embora por causa de uma delas.

Seria a primeira que Samuel iria. E ele não chegou lá.

Lembrar do que aconteceu seis meses atrás fez o coração de Júlia ficar apertado, mas sabia que precisava deixar aquela dor de lado, pelo menos por enquanto.

E, tentando se distrair, abriu o armário e começou a olhar com calma as roupas que usava para ocasiões especiais. Será que alguma delas ainda servia? Havia tanto tempo que Júlia não as vestia. Por que as guardara?

Ela separou dois vestidos, os que mais gostava, e os colocou em cima da cama. Um deles era preto, comprido, justo apenas no busto e solto para baixo. Leonor dizia que parecia um saco de batatas, embora Júlia tivesse quase certeza de que os sacos de batatas não fossem pretos.

O outro era branco, indo até um pouco acima do joelho e marcando um pouco a cintura e, para sua surpresa, foi o que ficou melhor. Era um vestido básico, e Júlia achou que o caimento ainda funcionava em seu corpo.

Enquanto se olhava no espelho, Leonor entrou no quarto, sem bater na porta, como sempre.

— O que você está fazendo? — perguntou a irmã mais velha, em um tom normal, e Júlia sentiu uma pontada de felicidade – e esperança – por ela não ter entrado no quarto já brigando.

— Hoje tem festa da faculdade — explicou Júlia, ainda se vendo no espelho.

— Você vai com esse vestido? — A expressão de Leonor mudou, e Júlia sentiu o peito se apertar, já sabendo o que vinha em seguida. — Está muito apagado. Com o tom da sua pele e do seu cabelo, branco não fica bom.

— Ainda não me decidi — mentiu Júlia, se olhando mais uma vez no espelho e já não gostando tanto do vestido.

A irmã tinha razão, ela não ficava bem de branco, ou qualquer outra cor clara. Não devia nem ter cogitado a hipótese de usar aquela roupa de noite. É óbvio que ficaria feia nela.

— Este vestido não é bom. — Leonor viu o outro estendido na cama, e Júlia sentiu uma leve euforia dentro do peito, pensando que a irmã iria ajudá-la a escolher algo para a noite. Era o que sempre sonhou: as duas amigas, cúmplices, trocando conversas de garotas e se ajudando em todos os momentos da vida. — Você ainda tem esse saco de batata? Pensei que já tivesse dado.

— Eu gosto dele.

— Acho esse vestido tão estranho! — Leonor voltou a olhar Júlia. — Você vai com um deles? — Ela apontou a cama e depois para o que estava no corpo da garota.

— Acho que sim... — Júlia não sabia qual resposta a irmã esperava.

— Eles ficam péssimos em você. Fazem com que pareça uma marmota.

Júlia não sabia o que aquela expressão significava, mas tinha a certeza de que era algo ruim e diminutivo.

— Eu... Não tenho nada além deles.

— Então não vá. Melhor ficar em casa do que sair ridícula por aí.

Leonor permaneceu parada, encarando Júlia, que olhava o vestido estendido na cama. O que estava em seu corpo já começava a incomodar, as alças apertavam os ombros e o tecido parecia pinicar a pele, como se soubesse que não pertencia aquele lugar, como se o próprio vestido estivesse gritando o quanto não caía bem nela.

— Eu... Não sei se vou à festa — sussurrou Júlia, se controlando e segurando algumas lágrimas.

Ela nem tinha convite, e podia ser que Alexandre não conseguisse um.

Leonor se aproximou e tocou em uma mecha do cabelo de Júlia, que por pouco não se encolheu e estremeceu.

— Você sabe que eu falo isso para o seu bem, não estou te criticando. Ou você quer ir para uma festa toda mal vestida, parecendo que pegou o vestido da sua avó?

— Não vou estar mal vestida — balbuciou Júlia, já incerta se realmente um dia algum daqueles vestidos ficou bem nela.

Leonor se afastou e olhou a cama.

— Nunca gostei deste vestido — disse ela, alisando o tecido da roupa que estava estendida sobre o colchão.

Leonor deixou o quarto, fechando a porta.

Após alguns segundos, com lágrimas caindo por suas bochechas e tirando o vestido branco do corpo, Júlia foi até a cama e pegou o que estava em cima, jogando os dois no chão. Ela se deitou no colchão, agarrada ao travesseiro. A lembrança do dia em que perdera Samuel surgiu em sua cabeça.

Ela também estava ali, naquele mesmo quarto, experimentando uma roupa quando a irmã chegara e fizera comentários parecidos. As duas brigaram e Júlia desistiu de ir à festa. Samuel insistira para ela ir, mas a vontade de se divertir já havia sumido.

Júlia o incentivou a ir com os amigos, como já haviam combinado, mesmo ele querendo ficar com ela, lhe fazendo companhia. Sabia o quanto ele estava animado para o evento, jamais o faria ficar em casa, consolando-a. Samuel prometeu que passariam o dia seguinte juntos, e deu um beijo em sua testa.

Foi a última vez que ela o viu.

Júlia se arrependia de ter incentivado o amigo a ir à festa, ou então ele estaria, agora, ao seu lado.

E se arrependia por não ter ido junto, ou então ela não estaria mais ali, sofrendo com as palavras de Leonor.

Os formandos da Universidade da Guanabara costumavam fazer festas ao longo do ano, para arrecadar dinheiro para a formatura. Cada curso tinha os seus próprios eventos, e os organizados pelo Departamento de Ciências Biológicas eram os mais concorridos.

Alexandre, Luiz e Cristina dançavam já há alguns minutos na pista, com outros alunos do curso deles. Alexandre mais conversava com um estudante do que dançava, sempre prestando atenção ao seu celular. Mas nenhuma mensagem de Júlia chegou, e ele se sentiu triste, sem entender o motivo.

— Vou pegar algo para beber — comentou ele, com Luiz e Cristina.

Alexandre foi até o bar e pegou uma cerveja, novamente checando o celular. Ele começou a digitar uma mensagem, mas sentiu a mão da irmã em seu braço.

— Não mande nada — disse Cristina.

— Só ia perguntar se ela quer fazer algo amanhã — respondeu Alexandre, hesitando um pouco e depois guardando o celular no bolso.

— Vamos dar um tempo para a garota — explicou Cristina. Alexandre deu um gole na cerveja, encarando a pista e pensando se voltava para lá. — Você gosta dela?

— O quê? — Alexandre se virou para a irmã, que o encarava, com um sorriso travesso nos lábios.

— Você está gostando da Júlia? Está... meio que a fim dela?

— Eu mal a conheço. — Alexandre olhou a cerveja e depois a irmã. — Só quero ajudar.

— Você está se envolvendo muito, toda hora fala da Júlia, pensa nela, manda mensagem...

— Meu Deus, Tina, para de colocar coisa na sua cabeça. — Ele apertou os lábios, sentindo um pouco de raiva e frustração, sem saber o real motivo disto. — Só conversei dois dias com a menina, para de ficar fantasiando coisas.

— Eu não... — Cristina parou de falar quando Luiz chegou.

— Vou pegar uma cerveja — disse ele, sorrindo e olhando Cristina. — Quer algo?

— Não — respondeu ela, sorrindo também.

— Por falar em gostar, vocês deviam conversar. — Alexandre riu. — Viu, até rimei.

— Hã? — Cristina pareceu confusa, e Luiz encarou o amigo como se tivesse levado um choque elétrico.

— Pare de se preocupar comigo — disse Alexandre, dando um beijo na irmã. — E se preocupe com você. — Ele olhou Luiz e colocou uma das mãos no ombro do amigo. — A dinâmica do grupo está salva, só você não percebeu isto ainda.

Alexandre saiu, deixando os dois no bar.

Vontade de sumir. Este era o sentimento de Luiz. Quando Alexandre disse aquelas palavras, Luiz quis voar no pescoço do amigo, ou sair correndo e nunca mais aparecer na faculdade. Mudar de cidade. Estado. Talvez, país.

E, ao mesmo tempo, a vontade era de ficar, porque Cristina estava ao seu lado. A vida não teria graça sem ela, e só de olhar seu rosto redondo e iluminado, a vontade de sumir sumiu.

— O que ele quis dizer com a dinâmica do grupo está salva? — perguntou Cristina. — O que isso significa?

Ela parecia genuinamente confusa, o que a deixava ainda mais linda.

— Eu... — Luiz olhou para os lados. Eles estavam cercados de pessoas, em frente ao bar e com a música alta tocando por todas as partes. O local menos romântico da festa. — Vem cá.

Ele pegou a mão de Cristina, e pensou que pudesse derreter pelo contato com a sua pele. Luiz a levou para fora do salão.

Caminharam pelo jardim até chegarem a um banco, onde se sentaram.

O coração de Luiz estava disparado no peito, e ele não sabia por onde começar.

— Vai me dizer agora o que está acontecendo? — perguntou Cristina, de forma brincalhona.

E o que estava acontecendo? Bem, ele estava apaixonado por ela. Cristina balançara seu coração desde a primeira vez que a vira, antes mesmo de ela entrar para a faculdade. Só que ela era a irmã do seu melhor amigo, e os três formaram um trio divertido e unido. Ele não queria estragar isso.

Mas se fosse analisar as palavras de Alexandre, o que elas significavam?

GRACIELA MAYRINK

— Eu... — Luiz respirou fundo. Era hora de parar de pensar. — Já tem um tempo que venho me preocupando com nosso grupo, em ele... Em estragar ele.

— Estragar? — Cristina franziu as sobrancelhas, confusa.

— Sabe quando tem um grupo de amigos, e aí rola algo entre eles, e depois acaba, e aí todo mundo tem que escolher um lado?

— Um lado? — Cristina parecia ainda mais confusa.

— Eu sei que o Alexandre escolheria o seu, e aí eu ficaria de fora, e eu não quero perder o grupo, quero dizer, vocês. E você. — Luiz a encarou e sorriu. — O que estou querendo dizer, e espero que tenha interpretado certo a indireta bem direta do seu irmão, é que estou gostando de você.

Cristina abriu a boca, um pouco espantada.

— Uau. — Ela piscou algumas vezes, de forma rápida, balançando a cabeça.

— E, acho que talvez eu tenha uma chance? — perguntou ele, agora hesitando um pouco, porque não conseguia distinguir a expressão dela.

— Você gosta de mim e tem medo do grupo acabar?

— É, bem, sim. — Ele passou a mão no cabelo, esfregando ali, nervoso. — Eu pensei que o Alexandre estava insinuando que você também gostava de mim. — Ele mordeu o lábio, sentindo uma angústia por achar que havia se precipitado ao se declarar. — Eu falei com ele que não queria que você descobrisse porque, se eu levar um fora, isso vai estragar a dinâmica do grupo.

Cristina sorriu. E segurou a mão direita de Luiz. E depois a esquerda. Ela estreitou os olhos, ainda sorrindo, e o coração de Luiz pareceu derreter dentro do peito quando ela se aproximou dele, fechando os olhos e encostando a testa na dele.

— Acho que o Alexandre tem razão — sussurrou ela, a

respiração brincando com os lábios de Luiz. — A dinâmica do grupo está salva.

E, então, o beijo aconteceu. Luiz não soube dizer quem tomara a iniciativa, mas isto não importava.

Ele tinha a garota que gostava em seus braços, e sentia como se todo o seu corpo fosse realmente derreter.

Capítulo 15

Duas semanas. Fazia duas semanas que Alexandre não via Júlia.

Ele tentara encontrá-la andando pela universidade, ou almoçando na Lanchonete da Dona Eulália, mas parecia que a garota havia evaporado. Ela não respondia as suas mensagens, nem as de Cristina, e Alexandre ficou tentado a ligar, mas não queria pressionar uma nova aproximação mais do que já havia pressionado.

Quando estava sozinho, passava pelo Departamento de Química, sem que Cristina soubesse, mas não havia sinal de Júlia em lugar algum do campus universitário.

A irmã começou a pegar no pé dele, questionando os sentimentos de Alexandre com relação a Júlia. Ele não estava apaixonado, mas Cristina não se convencia disto. Ela cismara que Alexandre estava muito interessado em tudo de Júlia, embora ele explicasse que só queria ajudar a garota.

Mas talvez fosse o fato de a própria Cristina estar apaixonada. Desde a festa que ela e Luiz não se desgrudaram, e passaram a insistir que Alexandre precisava arrumar alguém para que virassem uma dupla de casal. Luiz até tocou no nome de Vitória, arrancando risos de Cristina e engasgos de Alexandre.

E agora ele chegara na lanchonete para almoçar, naquela quarta-feira, depois de vários dias sem ver Júlia, e a encontrou em uma mesa ao fundo. Como sempre, ela lia um livro com fones no ouvido. Seu coração disparou dentro do peito, e ele disse a si mesmo que era por causa do alívio de saber que a garota estava bem.

Alexandre se aproximou, sorrindo. Júlia o encarou com espanto no rosto, tirando os fones do ouvido.

— Oi, sumida — disse ele, se sentando em uma cadeira em frente a ela.

— Não estou sumida — respondeu Júlia, olhando para baixo.

— O que tanto você lê, hein? — perguntou Alexandre, tentando ver a capa do livro. Era *Amor em Alta*, o último lançamento do escritor Erick Bacelar, que também estudava na Universidade da Guanabara.

— Nada de mais. — Júlia mostrou a capa.

— Está gostando? — Alexandre se sentiu ridículo perguntando, mas tentou manter um tom casual e um sorriso despretensioso no rosto. Júlia apenas balançou a cabeça. — E o que tanto escuta?

— Gabriel Moura — respondeu Júlia.

— Ah... — comentou Alexandre. — Você não apareceu na festa, algumas semanas atrás. Nós sentimos a sua falta.

— Nós?

— A Tina, o Luizinho. Eu... — Alexandre sorriu, mas Júlia não retribuiu, e só então ele notou que ela parecia mais triste do que o normal. — Aconteceu algo?

— Não. — Júlia balançou a cabeça, guardando o livro na bolsa. — Olha, eu preciso ir.

Ela se levantou, e Alexandre a acompanhou, segurando seu braço.

— Espera. Eu... — Ele olhou para os lados e soltou o braço de Júlia. — Posso te acompanhar? Até a saída da universidade, claro.

— O que você quer? — perguntou ela, mas de um modo diferente das primeiras vezes que conversaram. Agora, Júlia parecia cansada, derrotada, e não mais irritada e sem paciência.

— Só conversar. — Ele deu de ombros.

— Por que você não me deixa em paz e me esquece, e procura outro projeto de caridade para ocupar o seu tempo?

Alexandre abriu a boca, espantado, e Júlia saiu apressada, sem dar tempo de ele falar mais alguma coisa.

Alguns minutos depois que Júlia sumiu da vista de Alexandre, ele se culpou por não ter ido atrás dela. Mas as suas palavras o desestabilizaram. Ele não via Júlia como um projeto de caridade, e imaginou já ter ultrapassado aquela barreira, após o encontro no shopping.

Júlia parecia ter se enturmado com eles, e Alexandre imaginara que haviam feito algum progresso no quesito amizade. E, então, ela soltara aquela frase e fora embora, e ele não sabia mais o que fazer.

Alexandre apenas voltou a se sentar na cadeira que ocupara antes, pensando em como quebrar o muro que Júlia reergueu entre eles, quando Cristina e Luiz chegaram, todos animados e cheios de amor.

— E aí, cara, já pediu algo para comermos? — perguntou Luiz.

— Hã? — Alexandre encarou a irmã e o amigo, como se tivesse se assustado com a presença deles. — Não, ainda não.

— O que aconteceu? — perguntou Cristina, se sentando ao lado do irmão e tocando em seu ombro.

— Nada. — Alexandre encarou os dois. — Encontrei a Júlia.

Luiz também se sentou, e Alexandre contou a eles sobre a breve conversa que tivera com a garota, alguns minutos atrás.

— Essa é a menina que você está a fim? — perguntou Luiz.

— Não estou a fim dela — respondeu Alexandre, irritado, mas ele próprio não sentiu firmeza nas palavras. O que aquilo significava?

— É a minha amiga, que estava comigo no shopping aquele dia — explicou Cristina, para o namorado.

— Ah... Ela é bonitinha.

— Não estou a fim dela — repetiu Alexandre, percebendo a irmã e o amigo trocando alguns olhares. — Deixa pra lá.

— E você? Vai deixar pra lá? — perguntou Cristina.

— Claro que não! — respondeu Alexandre. — Sei que aconteceu alguma coisa, mas não sei o quê. Desconfio que foi algum problema em casa... — Ele levantou as mãos, como se não soubesse o que fazer.

— Vamos ajudar. Vamos te ajudar. — Cristina olhou o namorado. — Não é mesmo?

— Sim. — Luiz sorriu, como se o mundo girasse em torno de Cristina.

O jantar no apartamento da família Vargas estava animado, como acontecia em praticamente todas as refeições. Um dos lemas da casa era que a tristeza e os problemas não deviam ir para a mesa, e os pais faziam questão de jantar com os filhos todas as noites, ou quase todas, quando eles não tinham algum compromisso. *Algum programa dos jovens*, como dizia Sérgio.

Alexandre sempre fora o mais calado durante o jantar, mas naquela noite ele estava ainda mais quieto.

— Aconteceu algo, querido? — perguntou Renata.

— Hã? Não. — Alexandre balançou a cabeça e sorriu para a mãe.

— Ele também está triste porque os salgadinhos já acabaram — brincou Sérgio.

— Bem que você queria usar os salgadinhos em um dos seus pratos hoje, né, pai? — perguntou Cristina.

— Bem... Uma torre de coxinha seria algo incrível. — Sérgio piscou para a filha.

— Já decidimos que não se pode usar as sobras do que os outros fizeram — disse Renata. — Os salgadinhos só podiam ser usados pelo Alexandre.

— Mas não foi ele quem fez — comentou Sérgio.

— Mas foi ele quem comprou. — Cristina piscou para o pai.

— Ele não ia se importar. Não é mesmo, filhão? — perguntou Sérgio.

— Hã? — Alexandre encarou todos na mesa, um pouco alheio ao que acontecia ao seu redor. — Desculpa. É, não sei...

— O que foi? — quis saber Renata.

— Nada. — Alexandre deu de ombros. Todos o encaravam. Ele suspirou, sabendo que os pais não deixariam o fato de ele estar distraído passar batido. E sentiu que queria compartilhar o que estava dentro dele, e ninguém melhor do que a sua família para ajudar. — Bom, tem essa garota que conheci...

— Ah, sabia que era algo do coração — disse Sérgio.

— Não é isso. — Alexandre balançou a cabeça. — Eu te falei dela.

— Ah, sim. A menina que tem problemas em casa. — Sérgio sorriu com carinho para o filho. — Descobriu mais sobre ela?

— Não. Ela é muito fechada. Não consigo saber o que se passa na vida dela — respondeu Alexandre.

— E imagino que você não vai desistir porque quer ajudá-la — comentou Renata, e Alexandre concordou.

Todos ali o conheciam muito bem.

— Sim, mas eu não consigo quebrar a barreira que ela criou entre a gente. Toda vez que acho que progredi, parece que ando para trás novamente.

— Se você sente que pode fazer algo, não desista — completou Renata. — Tente se aproximar com calma e ir descobrindo o que ela estiver disposta a compartilhar. Só cuidado para não se intrometer muito. Nem todo mundo está aberto a ser ajudado.

— Pode deixar, mãe. — Ele sorriu.

— E conte com a gente para o que precisar. — Renata tocou na mão do filho, que agradeceu silenciosamente pela família unida e compreensiva que tinha.

A quinta-feira foi uma repetição dos outros dias: Alexandre não viu Júlia na Universidade da Guanabara, e ele já estava se perguntando se a garota fugia dele quando a avistou, mais uma vez, na lanchonete, na sexta-feira.

Ele, Cristina e Luiz estavam indo almoçar e Júlia já estava lá, como sempre lendo um livro de Erick Bacelar e os fones, provavelmente com a voz de Gabriel Moura preenchendo seus ouvidos.

— Por que vocês não compram algo para comermos enquanto eu vou me sentar? — perguntou Cristina, impedindo o irmão de se aproximar de Júlia.

— Só vou dizer oi — respondeu Alexandre.

— Deixa eu conversar um pouco com ela. — Cristina deu seu melhor sorriso para Alexandre, que entendeu o que ela queria.

— Tudo bem — respondeu ele, frustrado.

Alexandre ficou olhando a irmã se aproximar de Júlia, que sorriu ao vê-la, e novamente sentiu algo estranho, quando percebeu que queria que Júlia sorrisse para ele também.

Deixar o irmão e o namorado comprando o almoço foi uma ideia excelente, e Cristina se parabenizou silenciosamente por ter pensado nela. Assim, ficava mais fácil deixar Júlia à vontade quando os dois chegassem até a mesa, depois que Cristina já estivesse lá.

— Oi. — Cristina deu um abraço apertado em Júlia, sentindo o corpo da garota ficar um pouco tenso e depois relaxar, como se ela não esperasse por aquele gesto. — Você sumiu, não responde mais as minhas mensagens.

— Desculpa, muita coisa para estudar — respondeu Júlia, e as duas sabiam que era uma mentira, mas ambas aceitaram a desculpa como se fosse real.

— Tudo bem. — Cristina sorriu e se sentou em frente à Júlia. — Nossa, temos tanto o que conversar! Estou namorando. — A última frase foi sussurrada, e Júlia levantou as sobrancelhas e sorriu.

— É mesmo? Quem? O Luizinho?

— O Alex te contou?

— Não. — Júlia olhou Luiz ao longe. — Eu reparei em como ele te encarava, todo apaixonado no shopping.

— Nossa, todo mundo já havia percebido, menos eu?

Júlia deu de ombros. Elas ficaram em silêncio e Cristina tentou pensar em algo.

— O que acha de sairmos no fim de semana?

— Vou ter que estudar — disse Júlia, e agora ela não conseguiu soar como se realmente acreditasse naquilo.

— Eu pensei que você tinha se divertido com a gente — disse Cristina, um pouco triste ao perceber que a garota tentava fugir deles.

— Eu me diverti.

— Mas não quer mais sair com a gente...

Como explicar para alguém que tem a vida perfeita que você não pode fazer parte dela?

Não é que Júlia não quisesse ser amiga de Cristina. Ou fazer parte do grupo dela. Júlia queria, e muito, mas sabia que não pertencia àquela perfeição toda. A vida dela era diferente da vida de Cristina, e a única coisa que Júlia queria era sofrer em paz. Ser deixada em paz.

Será mesmo que era isso que ela queria? Se, mais uma vez, fosse sincera consigo mesma, Júlia diria que não sabia o que queria.

— Eu realmente não posso. — Júlia guardou o livro na bolsa, tendo um *déjà vu* de dois dias atrás, quando estava naquela mesma cadeira conversando com Alexandre. — Olha, agradeça ao seu irmão por ele tentar, mas eu realmente preciso de um tempo — disse Júlia, se levantando sem dar chance alguma de Cristina falar algo.

Sim, ela estava mesmo tendo um *déjà vu* de quarta-feira.

Capítulo 16

Havia escurecido há um bom tempo do lado de fora, mas dentro do quarto, Júlia não sentia o tempo passar. Desde que chegara da universidade, ficara na mesma posição, deitada na cama, pensando em nada.

E também se lembrando da tarde no shopping com Cristina, Alexandre e Luiz. Aquilo acontecera há apenas algumas semanas, mas parecia que já se passaram séculos. Ou que fora no dia anterior.

Júlia se sentiu feliz, naquele dia, mas sabia que não era merecedora de toda aquela felicidade. Não fazia parte daquele mundo, e não tinha como entrar em uma turma de amigos diferentes dela.

Alexandre era um cara legal, e ela adoraria passar mais tempo com ele. Samuel teria amado ser amigo dele. E Cristina... Ela era tão alegre, animada, de bem com a vida. Como alguém podia ser assim? Como será que é ser assim? Óbvio que ela iria namorar Luiz, estava estampado na cara dele o quanto era apaixonado por ela. Qual garoto não seria? Ela era perfeita!

Um barulho vindo da sala tirou Júlia de seus devaneios. Ela estremeceu ao pensar que podia ser Leonor, mas um toque em sua porta a fez relaxar. Leonor nunca batia antes de entrar.

— Oi, filha, trouxe o jantar — disse Tadeu, depois de Júlia avisar que a porta podia ser aberta.

— Já vou.

Ela se levantou e seguiu o pai até a cozinha.

CARTAS PERDIDAS PELO CAMINHO

— Trouxe uma quentinha para você. — Ele mostrou uma embalagem de alumínio em cima da pia. — Sei que costumo trazer pizza, às sextas, mas já comi no trabalho. Foi despedida de um funcionário que está se aposentando, então comprei uma quentinha só para você.

— Não tem problema — disse Júlia, sem ter coragem de revelar que estava sonhando com uma pizza para amenizar a sua sexta-feira. — E a Leonor? — perguntou, estranhando a ausência da irmã mais velha.

— Deve estar quase chegando, ela saiu com alguns amigos hoje.

Júlia não falou nada, mas se surpreendeu com o fato de ela sair. A irmã quase não saía, e Inês costumava falar que Leonor precisava viver um pouco mais, se divertir mais. E Júlia também. Ela concordava sempre, mas não se divertia, nem a irmã.

Leonor praticamente não tinha amigos, a maioria já havia casado ou ido embora da cidade, em busca de trabalho em outro lugar. Alguns ainda estavam solteiros, mas Leonor se afastara da maior parte deles.

Também, quem iria querer conviver com uma pessoa amargurada como a Leonor?, pensou Júlia, e percebeu que aquilo servia para ela própria.

Júlia abriu a quentinha e colocou metade da comida em um prato. Seu pai ia saindo da cozinha, quando ela criou coragem e o chamou. Ele se virou e ela respirou fundo.

— Por que você não gosta de mim?

— O quê? — Tadeu pareceu surpreso. — De onde saiu isso? É claro que gosto de você.

— É que... — Júlia respirou fundo novamente, em uma tentativa de criar coragem para falar o que estava dentro dela. A Dra. Patrícia sempre dizia que uma boa conversa resolve tudo, ou quase tudo, e Júlia sempre duvidara daquilo, pelo menos em sua casa. — Eu sei que a mamãe não está aqui por minha causa... E que ninguém gosta de mim por este motivo.

— Eu nunca te culpei, você sabe disso. — A voz do pai saiu quase como um sussurro.

— Mas também nunca disse que eu não era a culpada. — Júlia sentiu lágrimas chegando aos olhos, mas os apertou, tentando segurá-las. — E nunca me defendeu perante a Leonor.

— Sua irmã tem um gênio forte. E teve uma infância complicada, sem a mãe por perto.

— E eu? Eu também tive uma infância sem a mamãe aqui.

— Mas teve a Leonor cuidando de você.

— Tive mesmo, pai? — Júlia controlou a voz, não queria se alterar nem perder a razão. — Ela sempre me culpou, e me controlou. E você não fez nada. Ela passou a vida toda me colocando para baixo, e eu sempre me senti a pior pessoa do mundo porque matei a minha mãe.

— Você não a matou, foi uma fatalidade no parto. — O pai parecia perdido, sem saber por qual caminho seguir.

— Então por que você nunca me defendeu? Nunca disse isso a ela? A Leonor não gosta de mim, e você sempre foi apático quanto a isto. — Júlia suspirou alto, enxugando as lágrimas que caíam. — Ela sempre controlou tudo aqui, e fez questão de tornar a minha vida difícil. E você não fez nada, e ainda não faz. Você sempre a defende. Todas as vezes que brigamos, você fica do lado dela, nunca do meu.

— Ela é mais difícil, e ainda teve os problemas depois, com o noivo, e...

Tadeu olhou para os lados, como se não soubesse como agir.

Ele nunca sabia.

E isso gerou mais raiva e decepção em Júlia.

— Você foi omisso, pai, e nunca entendi o motivo. Parece que, aqui em casa, ninguém se importa comigo. Se eu sumisse, ninguém ia notar.

Ela encarou o pai, que encarava o chão, para não encarar a verdade.

O silêncio permaneceu por alguns minutos.

Júlia estava decidida a não ceder, a esperar o tempo que fosse por uma resposta do pai, quando o barulho de uma chave na porta da frente anunciou a chegada de Leonor.

Tadeu finalmente levantou o rosto, e o coração de Júlia se partiu quando percebeu uma pontada de esperança no semblante do pai, como se Leonor o fosse salvar de algum problema. Dela.

Ela era o problema ali.

Leonor entrou em casa e viu os dois: Tadeu parado na porta da cozinha que dava para a sala e Júlia próxima ao pai, com um prato de comida na mão.

— O que aconteceu? — perguntou Leonor, quando o pai deu um passo para trás, em direção à sala.

Em direção a Leonor.

— Nada — sussurrou Tadeu. Finalmente, ele encarou Júlia. — Sua irmã está servindo o jantar.

É engraçado como algumas coisas acontecem. Você passa a vida toda esperando que tudo melhore, mas tudo parece continuar o mesmo, ou apenas piorar. E você espera por um momento onde tudo pode mudar, e quando cria coragem para fazer o momento acontecer, a coragem toma proporções que você não espera, e toma conta de todo o seu corpo.

Foi o que Júlia sentiu, quando a irmã a olhou e o pai deu outro passo para trás, para longe dela.

— Estava perguntando para o papai porque ele não gosta de mim. E, aparentemente, ele não sabe nem responder isso — disse Júlia, já sem lágrimas nos olhos, e apenas um desafio nas palavras.

Leonor abriu a boca, mas não disse nada. Olhou o pai, que deu de ombros, e Júlia sentiu ainda mais raiva.

GRACIELA MAYRINK

— Que idiotice é essa? Claro que ele gosta de você, ele é seu pai — retrucou Leonor. — Vai começar agora com dramas?

— Não é drama. Ninguém aqui gosta de mim — argumentou Júlia, e nenhum dos dois a desmentiu. — Vocês me culpam pela morte da mamãe, mas eu não tenho culpa! — gritou ela, e tentou novamente controlar a voz. Não podia perder a razão, porque ela estava certa. Mas se continuasse gritando, estaria errada. — Vocês sempre me olham como se eu fosse a culpada. Céus, eu era um bebê nascendo. Realmente acham que eu queria que a mamãe morresse?

Leonor e Tadeu não falaram nada, apenas continuaram olhando Júlia, como se a garota estivesse fazendo um show de drama.

E Júlia os encarava, como se os incentivasse a pronunciar algo. Ou que pedissem desculpas e dissessem que tudo ficaria bem, e eles mudariam o comportamento.

— Eu... — Tadeu olhou Leonor, sem saber como continuar a frase.

— Quer saber? Ninguém precisa mesmo de mim aqui nesta casa. — Júlia colocou o prato em cima da pia da cozinha, e passou pela irmã e pelo pai como um furacão.

Ela entrou no quarto, abriu uma mochila e colocou algumas roupas ali. Depois de ajeitá-la nos ombros, pegou sua bolsa e o material da faculdade.

— O que você está fazendo? — perguntou o pai, aparecendo na porta.

— Indo embora — explicou Júlia, o encarando em desafio.

Ela esperava que ele pedisse que ficasse, que dissesse que a amava e que ela era importante para aquela família. Mas o pai não fez ou falou nada.

— E vai para onde? Nem dinheiro você tem — gritou Leonor, de algum lugar do apartamento. — Quem vai te abrigar?

128

— Não te interessa! — gritou Júlia, de volta, de dentro do quarto.

— Não vá... — sussurrou o pai.

— Vou ficar aqui fazendo o quê? Algo vai mudar? — perguntou Júlia, ainda encarando o pai, que baixou os olhos.

E, naquele momento, ela teve a certeza de que nada mudaria. Sua vida continuaria sendo controlada por Leonor, com o pai omisso. Nada jamais mudaria porque ninguém naquela casa, além de Júlia, queria que mudasse.

Ela passou por Tadeu, e viu Leonor na sala, sentada no sofá e ligando a televisão.

— Que showzinho, hein? Vai para onde?

— Não te interessa — respondeu Júlia, porque não sabia aonde iria.

Só sabia que precisava sair dali.

— Júlia... — O pai chegou na sala, mas não falou mais nada.

Júlia ainda esperou alguns segundos, com esperança de que ele implorasse que ela ficasse.

— Deixe-a ir. Daqui a duas horas, volta pedindo desculpas. Aonde ela vai? Para a casa do Samuel? — ironizou Leonor, fazendo o sangue de Júlia ferver.

Ela realmente havia pensado em bater na porta de Inês, mas não queria ficar perto da família. Nem queria provar que Leonor estava certa e ela não tinha aonde ir.

— Bem, adeus — disse Júlia, abrindo a porta e saindo.

Alexandre não ia sair naquela sexta-feira à noite. Preferia ficar em casa, no quarto, sozinho, do que olhando sua irmã e seu melhor amigo namorando na frente dele. Mas não podia deixar que Luiz percebesse que estava certo, e a dinâmica do grupo havia mudado.

Desde que os dois começaram a namorar, não se desgrudavam, e Alexandre se sentia sobrando. Ele conseguiu não sair junto algumas vezes, com desculpas de que precisava estudar ou descansar. Em alguns momentos, encontrou outros amigos, e deixou o casal de namorados em paz.

Luiz e Cristina faziam questão de incluir Alexandre nos programas, mas ele sabia como eram os começos de namoro, e tentava deixá-los sozinhos, para se curtirem e se conhecerem melhor. Não que os dois já não se conhecessem, mas agora estavam naquela transição de amizade para algo mais.

Então, quando a irmã entrou no seu quarto, o chamando para ir até o Corcovado, ele enviou mensagens para outros amigos, e conseguiu juntar um bom grupo para se encontrarem no barzinho em Ipanema.

Agora, estava ali, entre uma turma grande, com Cristina e Luiz ao lado. O casal não precisava mais se preocupar com ele, e Alexandre não precisava se preocupar com a *dinâmica do grupo*.

De tempos em tempos, ele olhava o celular. Havia enviado uma mensagem para Júlia, avisando onde estavam, e torcia para que aceitasse o convite de encontrá-los, embora tivesse quase certeza de que ela não apareceria. A garota visualizara a mensagem, mas não respondera, e Alexandre se sentiu triste com isso. Era uma sensação estranha, querer que ela o respondesse. Parecia que o estava evitando.

Bom, ela realmente o estava evitando.

Em volta da mesa, os amigos conversavam sobre o luau que seria realizado dentro de algumas semanas. Era um evento que acontecia todo semestre, organizado por alguns estudantes da Universidade da Guanabara.

— O luau deste ano vai ser bom demais — comentou Danilo, um dos amigos de Alexandre. — Chamaram uma banda muito boa que esqueci o nome.

— Se é tão boa, você não deveria esquecer o nome — provocou Luiz.

— Ah, cara, sei que ela é boa. — Danilo riu, tomando um gole de cerveja.

A conversa continuou rolando, e Alexandre se perguntou se Júlia iria para o luau. E depois se perguntou por que ele se preocupava tanto com isso. E, depois, por que, diabos, ele queria tanto que ela fosse, quando seu celular apitou e ele sentiu uma empolgação diferente tomar conta de seu corpo, ao ver que era uma mensagem de Júlia.

Alexandre se levantou e foi até a parte externa do bar, sem entender o motivo de precisar se afastar da mesa, como se todos ali fossem ler o que estava na tela do celular. Ou perceber o quanto ele estava animado ao receber aquela mensagem.

JÚLIA

Desculpa, sei que está tarde...

Posso te encontrar?

ALEXANDRE

Claro! Ainda estamos no Corcovado.

Quer vir aqui?

JÚLIA

Não. Tive uma briga em casa, precisei sair na pressa.

Você sempre me enche, querendo ajudar...

Então... preciso de ajuda

ALEXANDRE

Onde você está?

JÚLIA

Dentro do metrô

Saindo do Jardim Oceânico

ALEXANDRE

Desça na General Osório

estou indo te encontrar

JÚLIA

Obrigada

Ele voltou para dentro do bar com o coração acelerado. Júlia precisava de ajuda e havia se lembrado dele.

Havia pedido ajuda a ele.

Ao chegar até a mesa onde os amigos estavam, Alexandre deu uma desculpa qualquer, mas Cristina o conhecia muito bem e franziu a testa. Ele se abaixou, para dar um beijo na bochecha da irmã.

— A Júlia precisa de mim — sussurrou ele, no ouvido de Cristina, e dizer aquilo, em voz alta, fez o coração acelerar ainda mais.

— Quer que eu vá junto? — perguntou Cristina.

Alexandre a encarou e viu Luiz, olhando um pouco confuso para os dois.

— Não. Curta a noite aí — respondeu ele, indicando o seu melhor amigo. — Qualquer coisa, aviso. Mas vou ficar bem. Vamos ficar bem.

Ele sorriu e saiu, antes que Cristina decidisse ir junto.

Capítulo 17

Ao sair de casa, Júlia não tinha a menor ideia de aonde ir ou o que fazer. Ela só sabia que precisava sair de lá. Não conseguia mais ficar naquele apartamento, com o pai se escondendo atrás de Leonor.

E, depois de pegar a bolsa, a mochila e o material da faculdade, ela realmente precisava sair, ou então Leonor veria que estava blefando e não tinha aonde ir.

Só que Júlia não tinha aonde ir.

O único lugar onde podia ficar alguns dias era a casa de Inês. Ela já oferecera abrigo várias vezes, quando Júlia ia até lá após uma briga com a irmã, e se escondia com Samuel em seu quarto, chorando nos braços do amigo.

Mas o apartamento de Inês era perto demais do seu, e a mãe de seu amigo já enfrentava muitos problemas atualmente. Júlia não seria mais um fardo para ela carregar.

Então, sem saber o que fazer, Júlia entrou na estação do metrô próxima de sua casa, e se sentou em um banco em um vagão qualquer. Ela já chegara em uma das estações finais da linha 1, a Uruguai, na Tijuca, e agora fazia o trajeto inverso, chegando na outra extremidade da linha, no Jardim Oceânico, na Barra da Tijuca. Agora reembarcava, para voltar para a Uruguai, apenas para ganhar tempo enquanto pensava no que fazer. Aonde ir.

Não queria gastar o pouco que tinha em um hotel, até porque não sabia quanto tempo ficaria nele. *Céus, quantos dias ficar longe de casa?*, pensou, sem receber resposta alguma.

Ela olhou seus contatos, mas não havia a quem recorrer. Bem...

Havia Alexandre e Cristina. Eles tinham se metido em sua vida, e Alexandre oferecera ajuda várias vezes. Até a convidara para passar uma noite em sua casa, no quarto da irmã.

Mas seria muita cara de pau mandar uma mensagem para o garoto. Ou não? Ele entrara em sua vida sem pedir licença, sempre querendo ajudar. E agora ela precisava de ajuda. De ajuda de verdade.

Júlia digitou e apagou várias vezes uma mensagem para Alexandre, até criar coragem e apertar o botão *"enviar"*. Não tinha nada a perder. E precisava de um lugar para passar a noite e pensar com mais clareza. Dali a poucas horas, o metrô fecharia, e ela seria obrigada a descer em uma estação qualquer e procurar um local para dormir.

Era um momento de desespero, e ela sentiu um alívio quando Alexandre respondeu de imediato, dizendo que iria encontrá-la.

Euforia. Animação.

Alexandre tentava encontrar uma palavra certa para o sentimento que tomou conta dele, mas também não queria pensar nisso. Ele se sentia diferente e estranho, mas em um bom sentido.

E quando avistou Júlia na entrada da estação do metrô, a sensação aumentou dez vezes mais, e ele se viu sorrindo e acenando para a garota.

Conforme ela se aproximava do carro, Alexandre se controlou e parou de sorrir. Ela havia brigado em casa, e ele não sabia o que acontecera, mas tinha a certeza de que fora algo sério. Não era hora de sorrir. Apenas internamente ele sorria. E se sentiu um babaca por isso. Mas também se sentiu... Empolgado. Alegre? Sim, alegre.

— Obrigada — disse ela, quando entrou no carro, se sentando ao lado dele.

— Imagina! Eu cansei de oferecer ajuda, e fico feliz por ter se lembrado de mim. — Ele sorriu, e parou em seguida. Não era o momento para isto.

Alexandre engrenou a primeira marcha e o carro começou a andar.

— Bem, não tive muitas opções para recorrer — respondeu Júlia, que balançou a cabeça em seguida. — Desculpa, isso foi cruel.

— Não tem problema.

— Tem sim. Você está me ajudando. — Ela fungou, e ele teve a impressão de que Júlia lutava para segurar as lágrimas. — Não quis atrapalhar o seu programa.

Alexandre franziu a testa, tentando entender o que ela falava.

— Ah. — Ele sorriu de novo e decidiu que não ia mais parar de sorrir. Queria mostrar a ela que estava feliz por estar ali, ajudando-a. — Não atrapalhou. Só saí hoje para a Tina não me encher. Ela e o Luizinho não se desgrudam, e não queria sair só com os dois, então chamei alguns amigos para ir até o Corcovado. Já foi lá? — Ele olhou Júlia de relance, que negou com a cabeça. — O bar é muito legal, e tem uns drinks muito bons. A gente ama ir até lá.

— Então realmente atrapalhei a sua noite.

— Que nada! Já estava pensando em ir para casa. — Alexandre não sabia se havia convencido a garota, mas decidiu não dar margem para o assunto. — Quer ir até lá? Ao Corcovado? O pessoal ainda está por lá.

— Não, desculpa. Não estou no clima para bares. — Júlia olhava pela janela. — Mas estou com fome... Saí de casa sem jantar.

— Ok. — Alexandre ficou pensando. — Quer comer algo específico? Tem uma pizzaria muito boa aqui perto.

— Pode ser.

Ele seguiu caminho até a pizzaria, demorando um pouco para encontrar uma vaga, e se perguntando se pizza viraria a comida deles. E por que deveria haver uma *"comida deles"*? O que eles eram, afinal? Conhecidos? Amigos?

Júlia permaneceu em silêncio enquanto caminhavam até a pizzaria.

— Quer conversar sobre o que aconteceu? — perguntou Alexandre, depois que um garçom anotou os pedidos e saiu.

— Não sei. — Ela o encarou, e Alexandre sentiu novamente aquela euforia pelo corpo. — Você sabe que minha casa é complicada, certo?

— Sei um pouco, por causa das cartas — respondeu ele, e uma sensação de culpa ofuscou a euforia.

— Eu... — Júlia respirou fundo. — Minha mãe morreu no meu parto.

Aqueles olhos escuros a encaravam, e Júlia não sabia como explicar a um cara o quanto a sua vida era um caos. Alexandre a olhava, aquela confusão de fios e cachos pretos pelo rosto e cabeça e nuca, e a intensidade com que ele a analisava a desconcertava.

CARTAS PERDIDAS PELO CAMINHO

Ela não queria estar ali, mas também não havia um lugar em que gostaria de estar. Para casa é que não voltaria. Até porque não queria ficar lá.

Quando o garçom se afastou e ele perguntou se ela queria conversar, Júlia quase negou. Mas precisava desabafar, e também queria que Alexandre a compreendesse melhor. Algumas semanas atrás, ela queria que ele a deixasse em paz. E, agora, queria que a entendesse, que a ajudasse, que acabasse com os seus problemas e dissesse que tudo ficaria bem, que ela tinha forças para resolver a sua vida.

E ela ouviu a voz da Dra. Patrícia em sua cabeça. *Se quer melhorar, você precisa dar o primeiro passo e acreditar que pode fazer com que tudo se ajeite*, dizia sua psicóloga. Júlia sempre achara que era conversa fiada de uma médica, que tinha a vida estruturada e estudara para dar frases de efeito aos seus pacientes, criando uma ilusão de que tudo podia ser consertado.

Ela sempre pensara que o que havia se rachado não podia ser colado. E agora queria colar, juntar tudo e remendar os cacos de sua vida, até que as cicatrizes não fossem mais visíveis. Ela enfrentou o pai, algo que jamais fizera, porque percebera que precisava daquilo para que o processo de cura começasse.

Mas se só ela queria aquilo, e ninguém mais em sua casa, como agir?

— Minha mãe morreu no meu parto — disse ela, vendo os olhos escuros de Alexandre se abrirem mais.

Ele passou a mão pelos cachos, balançando a cabeça, a incentivando a continuar, se quisesse.

— Eu imaginei algo assim, pelo que você escreveu. — Ele baixou os olhos, e Júlia percebeu um pouco de vergonha em seu rosto. — Cara, toda vez que digo isso alto, percebo o quanto idiota eu fui.

— Tudo bem, acho que já superamos isso. — Ela esboçou

um sorriso. — Eu te odiei muito, quando recebi aquela carta sua. Achei você um enxerido, um intrometido, mas foi bom ver que existe alguém que se importa comigo. — Ela deu de ombros e ele sorriu, e Júlia reparou em como o sorriso dele era bonito.

Ela não havia notado isto antes.

— Eu me importo. E a Tina também — disse ele, parecendo se corrigir. — Sei que foi errado, mas não me arrependo porque agora estou aqui, com você, finalmente podendo ajudar.

Ela começou a rir, e se sentiu bem pela primeira vez desde... Desde quando? Talvez, desde o dia em que passara a tarde com ele, no shopping.

— Obrigada. — Ela apertou os lábios, em um sorriso triste. — É estranho ter alguém novo em minha vida. Nunca tive muitos amigos.

— Só o Samuel.

— Só o Samuel. — Júlia agora sorriu de verdade, se lembrando do amigo que partira. — Ele era... a minha vida.

— Dá para ver o quanto você o ama.

— Sim. — Ela sorriu novamente, e voltou a rir quando percebeu o que Alexandre dissera. — Ah, não dessa forma. Por que todo mundo acha que não pode existir uma amizade verdadeira entre um homem e uma mulher? — Júlia balançou a cabeça, ainda rindo. — Era só amizade mesmo. E eu o amo muito. Samuca era o irmão que nunca tive, que a vida me deu. E era mais meu irmão do que a Leonor, a irmã real que tenho.

— Entendi. — Alexandre sorriu, e Júlia pensou que ele parecia aliviado com aquela informação.

— O Samuca me ajudou muito. E sempre vou amá-lo por isto. Não sei como teria sido a minha adolescência sem ele ao meu lado. A Leonor... Ela é difícil. E sempre me culpou pela morte da mamãe.

— Mas você não teve culpa.

— Vai explicar isso a ela.

O garçom chegou com a pizza, e eles ficaram em silêncio.

Júlia serviu uma fatia e começou a comer, se lembrando do quanto passara a tarde sonhando com a pizza que o pai não trouxera. E se lembrou do jantar que ele comprara e ficara esquecido em cima da pia da cozinha. E isto a deixou ainda mais triste.

— Eu percebi que o relacionamento de vocês é um pouco complicado — comentou Alexandre.

— Um pouco? — Júlia tentou brincar, sem sucesso. — Leonor sempre fez questão de deixar claro que eu não era desejada, e que todos os problemas de casa eram minha culpa, porque eu estraguei a família, chegando e tirando a mamãe dela. — Júlia terminou a fatia e serviu outra, percebendo o quanto estava com fome. — Meu pai foi omisso a minha vida toda, deixando a Leonor tomar conta de tudo. A Dra. Patrícia disse que eu fui dominada, e que a minha irmã tem grande influência em como eu me comporto, e sobre o que penso de mim. — Júlia encarou Alexandre, que parecia perdido, sem saber o que dizer. — Por isso, quando você surgiu, eu achei que só queria fazer hora com a minha cara.

— Jamais. — Ele pareceu ligeiramente ofendido.

— Por que alguém como você iria querer ser meu amigo? — Ela tomou um gole de suco. — Ninguém quer ser meu amigo, e tudo bem. Eu não preciso de amigos.

— Todo mundo precisa de amigos.

— Eu tive meu amigo. Meu grande amigo. — Ela sorriu um sorriso triste. — Quando o Samuca se foi, eu tinha começado a trabalhar, para juntar dinheiro para sair de casa. Ele me incentivava tanto... Dizia que íamos morar juntos, dividindo um apartamento. Era um sonho nosso, e claro que não ia acontecer tão cedo, mas era legal planejar, idealizar uma vida diferente. E aí... Ele se foi, e não consegui mais trabalhar...

Júlia ficou calada, comendo e pensando nos planos que ela e Samuel criaram e jamais se realizariam.

— Você já tentou conversar com a sua irmã?

A pergunta de Alexandre a trouxe de volta das lembranças com Samuel.

— Já. É complicado. A Leonor... — Júlia respirou fundo e tomou outro gole de suco. — Eu tento entender o lado dela. Perdeu a mãe quando tinha oito anos, e teve que basicamente criar uma irmã mais nova. E, depois, ela teve um noivo, e o cara... Bem, o cara terminou o noivado poucas semanas antes do casamento. Já estava tudo organizado e pago. Festa, viagem, contrato de aluguel de um apartamento... Mas ele arrumou outra, e a Leonor... — Júlia parou de falar, apenas balançou a mão no ar, como quem dizia que a irmã sobrara e sofrera.

— Que barra — comentou Alexandre.

Júlia notou que ele parecia não saber o que falar. Era a primeira vez que ele parecia não saber como agir, e ela sentiu um carinho estranho pelo garoto que estava à sua frente. Era bom saber que ele também ficava perdido, sem ter as palavras certas para ajudar alguém.

— Sim. Ela já era dominadora comigo, e só ficou pior, porque parecia que descontava as frustrações em mim. Na época em que ela namorava, até ficou mais tranquilo. A Leonor parecia ter esquecido um pouco de mim, e o clima lá em casa deu uma amenizada. Foram alguns anos bons, e eu pensei que minha vida se ajeitaria porque, além de ela ter dado uma folga para mim, em breve ia se casar e ir embora do apartamento, mas tudo piorou quando o noivado terminou.

Júlia voltou a comer, se lembrando do tempo em que o clima em sua casa mudou para melhor, quando Leonor planejava a vida longe de casa, e Alexandre ficou calado.

Mais uma vez, ele pareceu perdido nos pensamentos, como se procurasse a mensagem certa para dizer a Júlia. Ela o analisou enquanto mastigava a pizza, e tentou imaginar o tipo de garota que ele gostava.

E sentiu as bochechas esquentarem ao pensar nisto.

Fazia tempos que Júlia não beijava um garoto. Ela praticamente os espantava com o seu mau humor e a sua falta de conversa. Foi o que tentou fazer com Alexandre, mas ele insistiu, e agora estavam ali, como dois amigos, conversando e trocando confidências em meio a pizzas e sucos, em uma noite agradável no Rio de Janeiro.

— Você quer falar sobre a briga de hoje? — perguntou Alexandre, e Júlia piscou algumas vezes, tentando se recompor dos pensamentos que estava tendo com ele.

— Não. — Ela terminou o suco. — Quem sabe amanhã? Hoje, preciso pensar no que fazer. E ver onde passar a noite... — comentou ela, um pouco sem graça, deixando no ar um possível convite.

E se sentindo mal por isto, mas precisava de algum lugar para dormir.

— Você vai lá para casa — respondeu ele, quase que imediatamente. — Não vou te deixar sozinha hoje. Vou avisar os meus pais, e a Tina também, e tenho certeza de que ela não vai se importar em você dormir no quarto dela.

Ele sorriu, pegando o celular e começando a digitar.

Aliviada, Júlia se viu novamente analisando os traços do rosto dele, e reparando, pela primeira vez, como tudo nele combinava perfeitamente. Ele não era lindo, mas era diferente e encantador.

E Júlia percebeu o quanto Alexandre era hipnotizante.

Capítulo 18

O apartamento dos Vargas estava silencioso quando Alexandre abriu a porta. Ele acendeu a luz da sala, e Júlia reparou no quanto a decoração era similar ao de sua família, embora houvesse algo diferente no ambiente.

Tudo parecia mais iluminado, mais alegre, como se até os móveis gritassem de felicidade. Era uma sensação no ar, uma leveza quase palpável, e ela teve vontade de chorar, mas se controlou. Já chorara o suficiente para uma noite.

Alexandre fechou a porta atrás dela e Júlia foi até o sofá, mas não se sentou. Ela deixou a bolsa e o material da universidade em cima da mesinha de centro, que ele indicou.

Júlia se sentia deslocada, sem pertencer a um lugar como aquele, e não soube como se comportar, o que fazer, o que falar.

— Quer algo? Uma água? Um banho?

Alexandre parecia um pouco acanhado, e Júlia não soube o motivo.

— Água — respondeu ela, mais para ter uma distração do que propriamente porque estava com sede, apesar de que um pouco de água lhe faria bem. — E um banho, se não for muito incômodo.

— Claro que não. — Alexandre foi para a cozinha e Júlia o seguiu, ainda com a mochila nas costas. Ele lhe entregou um copo e tirou uma garrafa de água da geladeira. — Vou avisar os meus pais que chegamos — disse ele, lhe entregando a garrafa.

Os pais dele já sabiam que Júlia ia para lá, Alexandre

havia avisado antes de deixarem a pizzaria, e a garota se perguntava o que eles pensavam que ela era do filho deles.

Antes que pudesse imaginar qualquer resposta, um casal entrou na cozinha e Alexandre fez as apresentações.

— Ah, finalmente conhecemos a famosa Júlia — disse Sérgio.

— Pai! — gritou Alexandre.

O garoto pareceu desesperado, e Júlia teve vontade de rir. E ficou curiosa para saber o que tanto falavam dela naquela casa. Será que os pais sabiam sobre os seus problemas? E sobre as cartas?

— Querido, assim fica parecendo que fofocamos da Júlia o tempo todo. — Renata se aproximou da garota e a abraçou, e Júlia ficou paralisada um instante, até retribuir o abraço. — Seja bem-vinda, estávamos curiosos para conhecer a nova amiga dos nossos filhos. Sabe como os pais são...

Júlia não sabia. Em casa, ninguém tinha a menor curiosidade em conhecer os amigos dela. Não que tivesse vários. E, ao longo dos anos, qualquer amiga que levasse até seu apartamento era duramente criticada por Leonor. *Sei não, essa garota tem cara de falsa*, dizia a irmã, sobre uma menina da escola. *Essa aí é muito chata, como você aguenta ela?*, comentava Leonor, sobre outra amiga.

Após um tempo, Júlia passou a não levar mais ninguém em casa. E, depois, parou de fazer amizades.

— Obrigada. O apartamento de vocês é aconchegante — disse Júlia, sem ter a certeza se conseguira elogiar o lugar.

Ela não sabia o que falar, nem o que fazer. Os pais de Alexandre pareciam tão alegres e entrosados, lhe lembrando os pais de Samuel, antes de o amigo partir.

— Ah, obrigada! — respondeu Renata, feliz com o comentário da garota.

— Ela quer tomar um banho antes de dormir — disse Alexandre, ainda parecendo um pouco constrangido.

GRACIELA MAYRINK

— Eu deixei uma toalha no quarto da Cristina, junto com roupa de cama e um colchonete — comentou Renata.

— O colchonete fui eu quem deixou — complementou Sérgio.

— Sim, um detalhe muito importante — disse Renata, sorrindo para o marido, que a olhou com amor, e Júlia se perguntou como seria morar ali, com aquele clima leve todos os dias. — Vamos deixar vocês à vontade. Qualquer coisa, estamos no quarto. — Renata puxou o marido.

— Não repara neles, gostam de receber todo mundo assim, com muita... — Alexandre parou de falar, talvez procurando uma palavra certa para descrever os pais.

— Tudo bem. Eu adorei eles. — Júlia foi sincera e tentou sorrir, mas só conseguia sentir tristeza. Colocou o copo vazio em cima da pia e olhou Alexandre. — Eu não quero dar trabalho.

— Imagina! Meus pais estão amando ter alguém novo aqui. — Alexandre ficou parado, ainda mais sem graça do que antes, e Júlia pensou no quanto ele estava fofo sem saber como agir. — Não vai beber a água? — Ele indicou o copo vazio em cima da pia.

— Sim — respondeu ela, envergonhada por ter se esquecido da água. Não queria que ele percebesse que só pedira a bebida para ter o que fazer.

Júlia bebeu a água e eles ficaram se encarando, até Alexandre pigarrear.

— Bem, o quarto da Tina é por aqui. — Ele a conduziu pelo pequeno corredor do apartamento, indicando duas portas. — Aqui é o banheiro e o quarto é ali. — Alexandre abriu uma das portas, a do quarto. Ele acendeu a luz e olhou em volta. — Minha mãe não pegou pijama. Não sei onde a Tina guarda. — Ele foi até um armário e ficou parado, sem abri-lo.

— Não tem problema.

Tinha problema, porque ela não levara pijama. Saíra tão apressada de casa, que se esquecera disso.

— Eu posso te emprestar uma camiseta — sussurrou ele, se virando e analisando Júlia. — Vai ficar comprida, meio que como uma camisola.

Ele fez uma careta e começou a rir, e Júlia o acompanhou.

— Pode ser — respondeu ela, porque não sabia o que falar.

— Já volto.

O corpo de Alexandre continuava em um carrossel de emoções quando entrou no quarto. Ele encostou um pouco a porta, sem saber o motivo de fazer isto, e caminhou até o seu armário.

Júlia estava na sua casa, a poucos metros de seu quarto, e ia dormir com uma camisa sua. Porque ele oferecera uma para a garota? Só para ser educado, pelo fato de ela não ter com o que dormir? Ou por que queria que ela usasse algo seu? E, se fosse por isto, por que queria que ela *usasse* algo seu?

Alexandre ficou tentado a enviar uma mensagem para Cristina, perguntando onde ela guardava os pijamas, e se tinha algum para emprestar, mas desistiu. Seu coração acelerava um pouco mais todas as vezes que pensava em Júlia usando uma camisa sua.

Ele abriu o armário e começou a procurar alguma para a garota vestir, mas não conseguia se decidir. Qual ela preferiria? Qual ficaria melhor nela? Qual teria mais o seu cheiro do que todas as outras?

— Meu Deus, cara, para de pensar — sussurrou ele, mexendo em suas roupas.

Alexandre separou uma camiseta azul escura que gostava e era comprida. Levou o tecido até o nariz, mas não sentiu nada. Será que tinha o seu cheiro? Já ouvira uma conversa entre Cristina e Vitória sobre o fato de a pessoa não conseguir sentir o seu próprio cheiro.

Ele olhou o vidro de perfume no armário, pensando se devia jogar um pouco na camisa, mas ficou com medo de exagerar e Júlia perceber o que fizera. E não queria um perfume artificial no tecido, queria seu cheiro real.

— Para, para, para. — Alexandre respirou fundo. — É só uma garota qualquer dormindo na sua casa. Ela não significa nada para você — disse ele, baixinho, sentindo uma pontada de algo por dentro. De tristeza?

Alexandre se assustou ao ouvir uma batida na porta. Olhou para trás e viu Júlia, através da pequena abertura que ficara entre a porta e o batente.

— Eu... Vou tomar banho — disse ela, um pouco sem graça, e Alexandre percebeu que a garota queria a camisa/pijama dele.

— Ah, desculpa. Não sabia qual pegar — respondeu ele, entregando a camisa para Júlia. — Espero que sirva.

— Obrigada. — Júlia sorriu e saiu, e ele ouviu o barulho do banheiro se fechando.

E agora? O que ele fazia? Ia dormir e deixava Júlia à vontade? Ou esperava a garota sair do banho? Isto seria algo ruim? Porque ela estaria só de camiseta...

Alexandre pegou o celular e enviou uma mensagem para Cristina.

A irmã saberia o que fazer.

Capítulo 19

A manhã de sábado chegou e Júlia acordou se sentindo cansada. A noite fora marcada por um sono inconsistente, mesmo a cama de Cristina sendo confortável.

Quando saiu do banheiro, o apartamento estava totalmente escuro, e ela entrou no quarto de Cristina e o colchonete sumira. Em cima da cama, havia um bilhete de Alexandre.

> A Tina vai chegar tarde e vai dormir comigo, então pus o colchonete no meu quarto, para não te atrapalhar.
> Fique à vontade, o quarto é todo seu.
> Qualquer coisa, pode me chamar.

Havia um ponto/traço leve no final do papel, como se Alexandre fosse assinar seu nome, mas desistira. Ou era o que Júlia queria pensar. Podia não ser nada, apenas um risco pequeno, feito sem querer.

Ela sorriu, abraçando o bilhete e depois o colocando dentro da mochila, sem saber por que o estava guardando. Deitou-se na cama, pegando o celular pela primeira vez desde que escrevera para Alexandre, quando ainda estava no metrô.

Havia várias mensagens do pai e de Leonor, e ela não leu nenhuma. Algumas ligações não atendidas do pai, e outras de Inês. Júlia apenas enviou uma mensagem a Inês, avisando que estava bem e em segurança, e que em breve dava mais notícias, embora soubesse que demoraria a entrar em contato com a mãe de Samuel. Sabia que ela informaria seu pai de que Júlia estava bem e, por algum motivo, queria que ele ficasse um pouco preocupado. Tinha noção de que isto era errado, mas talvez, se ele sofresse um pouco com medo do que pudesse acontecer a ela, ou de onde ela poderia estar, passaria a defendê-la da irmã mais velha.

O sono demorou a vir, e Júlia acordou várias vezes durante a noite. O fato de a camisa que usava cheirar a Alexandre não ajudava. O cheiro dele estava em cada poro do tecido, e ficou envolvendo Júlia a noite toda.

E, agora, ela acordara e estava ali, na cama de Cristina, olhando o teto na penumbra do quarto, misturada à claridade que entrava pelas extremidades da cortina.

Ouvia um barulho ao longe, dos Vargas começando a manhã, e ficou sem graça de sair do quarto. Só que ela precisava se levantar, ir ao banheiro, comer algo, e ser simpática com a família que a recebera de braços abertos, em um momento de desespero.

A timidez e a vergonha haviam dominado a garota, porque ela mal conhecia aquela gente. Só recorrera a eles porque não tinha mais ninguém a quem procurar, além dos pais de Samuel.

Enquanto decidia o que fazer, recebeu uma mensagem de Cristina, perguntando se já havia acordado. Júlia se sentou na cama e respondeu com um *"joinha"* e, em poucos segundos, Cristina entrou no quarto.

— Bom dia — disse a garota, fechando a porta atrás dela. — Nossa, desculpa ontem não ter vindo te ajudar, e ter deixado tudo por conta do Alex, mas eu estava... Meio que ocupada.

Júlia notou um sorriso no rosto de Cristina, que se aproximou e se sentou na beirada da cama, como se fosse uma amiga íntima contando seus milhares de segredos.

CARTAS PERDIDAS PELO CAMINHO

— Não tem problema — respondeu Júlia.

— Fiquei até tarde no Corcovado com o Luizinho e alguns amigos. — Cristina suspirou, apaixonada. — Espero que o Alex tenha te tratado muito bem.

— Acho que sim. — Júlia não sabia como era ser tratada muito bem por um garoto, mas sabia que Alexandre fizera mais do que ela esperava. — Ele foi muito legal comigo. Todos vocês.

— Ah, meu irmão ama ajudar os outros, e estava bem empolgado em poder, finalmente, te ajudar. — Cristina sorriu e piscou um olho. — Nem acredito que você está aqui em casa. — Ela se levantou e abriu a cortina. — O que acha de ir à praia hoje comigo e o Luizinho? Acho que o Alex só vai se você for.

Um pequeno momento de pânico invadiu Júlia. Ela não levara nada na mochila para ir à praia e, mesmo que levasse, era a última coisa que queria fazer. Só de pensar em Alexandre a vendo de biquíni ou maiô, o pânico aumentou.

— Eu... Não tenho nada para usar na praia — respondeu Júlia, e, antes que Cristina oferecesse qualquer coisa, ela já se adiantou. — Não acho que estou no clima para isso.

— Claro que não, que cabeça a minha. — Cristina deu um tapa de leve na testa. — É que é tão legal ter alguém novo aqui, além da Vitória. E do Luizinho, que não sai daqui.

Cristina sorriu novamente, e Júlia achou aquela empolgação toda, com a sua presença, algo tão fofo e legal que quase se levantou e abraçou a garota.

— Mas você e o Alexandre podem ir. Eu preciso ir embora...

— Não! — Cristina a olhou, espantada. — Não vai embora, não. Fica aqui. — Ela voltou a se sentar na cama e pegou as mãos de Júlia. — Sério, nós queremos muito que fique aqui, o tempo que for. Não precisa fazer o que fazemos, e também não tem problema não irmos à praia hoje, nem está fazendo sol.

149

— Eu não quero atrapalhar.
— Não atrapalha. — Cristina sorriu. — Vem, troca de roupa e vamos tomar café da manhã. A família toda está te esperando.

Assim que Júlia chegou na sala, Alexandre sorriu. E se sentiu um bobo fazendo aquilo. Ela não usava sua camisa, estava com um vestido verde escuro, largo e comprido, e se sentou em frente a ele.

Alexandre ficou pensando se o cheiro dela havia passado para a camisa dele.

Não que isso importasse.

— A Júlia quer ir embora, mas já falei que é para ficar aqui alguns dias — disse Cristina, se sentando ao lado da garota.

— Não quero dar trabalho — respondeu Júlia, visivelmente sem graça sendo o centro das atenções.

— Você não dá trabalho — comentou Alexandre.

Algo estranho tomou conta do seu corpo. Ele vinha tendo sentimentos que nunca havia tido, como um leve pavor ao pensar em Júlia indo embora de sua casa. Claro que sabia que ela não moraria lá para sempre, mas gostaria de vê-la por mais um tempo ali, na mesa do café da manhã.

E não soube explicar exatamente porque queria vê-la mais vezes. Ele podia encontrá-la na faculdade. Mas não seria a mesma coisa. Esbarrar nela pelo corredor de sua casa por alguns dias seria... Incrível?

Pare de pensar, pare de pensar, pare de pensar, pensou ele.

— Não pode ir embora! Hoje de noite vamos fazer enchilhada. Você precisa ficar para experimentar a nossa enchilhada — disse Sérgio, vindo da cozinha com uma cesta cheia de pães.

— É basicamente uma panqueca mexicana fresca — explicou Cristina.

— Não chame minha enchilhada de panqueca fresca. É uma receita antiga da família Vargas — retrucou Renata, trazendo um bule de café da cozinha.

— Receita antiga que você pegou mês passado na internet, né, mãe? — brincou Alexandre, e Júlia riu.

E ele se sentiu bem com isso. Gostava de fazê-la sorrir, e percebeu que queria fazer isto mais vezes.

— Se alguém criticar a enchilhada, não vai comer — ameaçou Sérgio, sem sucesso.

O café da manhã foi animado, e Alexandre notou o quanto Júlia já estava mais à vontade entre eles.

Ele agradeceu, em silêncio, o fato de os pais não terem feito várias perguntas a Júlia. Alexandre já havia conversado sobre ela com a família algumas vezes, e enviara uma mensagem na noite anterior, quando estava na pizzaria com a garota, perguntando se havia algum problema em Júlia ficar no apartamento deles por alguns dias, pois tivera uma briga feia em casa.

Ele tentou não parecer desesperado, mas depois percebeu que meio que implorou que, tanto Renata quanto Sérgio, não interrogassem Júlia, e tentassem não encontrar uma solução para a briga que ela tivera. Alexandre não queria que eles interferissem em nada. Ele é quem iria ajudar a garota.

Após terminarem de comer, os pais se levantaram e começaram a lavar a louça, e Júlia ajudou Alexandre a guardar algumas coisas na geladeira.

— O Luizinho sugeriu irmos até o Pepê, tomar um açaí... — disse Cristina, chegando na cozinha com o celular na mão. — O que acham? Não precisamos ir para a areia ou entrar no mar.

Ela olhou Júlia, e Alexandre perdeu algo na troca de olhares das garotas, sem entender o que elas queriam.

— Eu... — Júlia mordeu o lábio inferior.

— Vai ser legal. A gente pega uma das mesas lá. Acho que não deve estar cheio, hoje não tem sol — continuou Cristina.

— Como se os cariocas se importassem com isso — disse Renata, se metendo na conversa deles.

— Se estiver cheio, a gente pensa em algo para fazer. — Cristina deu de ombros. — Sei lá, pensei em dar uma volta.

— Que tal um piquenique no Bosque da Barra? Ou no Parque Lage? — sugeriu Sérgio. — Vocês se lembram do quanto gostavam de piquenique? Quando eu era criança, todo domingo meus pais me levavam para um na Quinta da Boa Vista. Podemos ir lá.

— Querido, acho que não estamos incluídos no programa — comentou Renata.

— Ah... Como é triste ficar velho e ser excluído das coisas — sussurrou Sérgio, rindo.

— Sem dramas, pai. — Cristina fez uma careta e saiu da cozinha, digitando no celular.

— O que acha? Dar uma volta pela cidade? Curtir o dia? — perguntou Alexandre, e uma expectativa cresceu dentro dele ao pensar em passar a tarde toda ao lado de Júlia.

— Pode ser. — Ela mordeu novamente o lábio inferior, e Alexandre percebeu o quanto achava aquilo um pouco atraente. — Nunca fiz um piquenique.

— Então está resolvido. — Alexandre piscou um dos olhos, fazendo Júlia sorrir.

Os olhos dela brilharam e o peito dele pareceu explodir de empolgação.

Capítulo 20

A conversa sobre onde fazer o piquenique se prolongou por um tempo. Cada lugar tinha um pró e um contra, e ninguém conseguia se decidir, até Júlia perguntar se não poderia ser na Lagoa Rodrigo de Freitas. Todos gostaram da sugestão dela, o que a deixou feliz.

Desde que se entendia por gente que Júlia passava pela Lagoa e via as pessoas por ali, praticando esportes, se divertindo, fazendo piqueniques. Sempre sonhara em ir até o local com uma turma de amigos para fazer um, e agora seu sonho seria realizado.

Mal podia acreditar.

Antes de sair de casa, ela ajudou Cristina e Alexandre a organizarem as coisas para levar. Na cabeça de Júlia, quando se fazia um piquenique, as pessoas levavam uma toalha gigante, para estender na grama, e muitas guloseimas dentro de uma cesta linda e própria para aquilo. Na realidade, eles levaram algumas cangas de praia e as comidas em recipientes dentro de mochilas. Mas isto não tirou a magia do programa, e Júlia estava empolgada demais para pensar nos pequenos detalhes que não se encaixavam com o que via nos filmes.

Luiz os encontrou em um ponto próximo ao Parque da Catacumba. Eles estenderam duas cangas na grama e colocaram os potes de comida em cima. Havia biscoitos, sanduíches, pão de queijo, doces, pipoca, sucos, refrigerante e água.

Cristina se sentou de um lado da canga, puxando o namorado para se sentar junto. Alexandre e Júlia se acomodaram de frente para o casal.

— Minha mãe fez ontem aqueles biscoitos de queijo que você ama — disse Luiz, abrindo um pote e o estendendo para a namorada. — Consegui pegar tudo o que sobrou para trazer.

— Esse biscoito é maravilhoso. — Cristina pegou um e colocou na boca, fechando os olhos enquanto saboreava. — Prova, Jú!

Júlia sorriu, feliz com o modo carinhoso como a garota a chamou. Ela pegou um biscoito e experimentou. Cristina estava certa: eles eram uma delícia.

— A Júlia fez sanduíche de atum para nós — comentou Alexandre, terminando de esvaziar a mochila.

— Não foi nada de mais. — Ela deu de ombros. — Tinha tudo na sua casa.

— Está muito bom! — disse Luiz, provando um dos sanduíches. — O que tem aqui?

— Só misturei atum com creme de leite e orégano.

Ela havia feito a mistura para contribuir com alguma coisa. Não sabia o que se levava em piqueniques, mas se lembrou da receita prática e gostosa de Inês. Ela pegara um pacote de pão de forma e fizera os sanduíches, e Cristina sugeriu cortar em quadradinhos para ficar mais prático de comer.

A tarde pareceu passar voando. É o que acontece quando você está se divertindo. E Júlia estava, muito. Ela até deixara o celular em casa, para não ser distraída por ele. Não queria ficar tentada a pegar e ver se havia alguma nova mensagem do pai.

Antes de deixar o apartamento dos Vargas, ela enviara uma mensagem a Inês, avisando que estava bem, e que podia falar isso para o pai, só não avisasse que estava ficando na casa de uma amiga. Um pouco de preocupação faria bem a Tadeu.

E ali estava ela, realmente entre amigos, curtindo uma tarde na cidade como qualquer carioca.

Júlia se perguntou se merecia aquela felicidade, aquela tranquilidade. Se merecia uma vida normal, com uma calmaria recheada de diversão e risadas.

— Quer dar uma volta? — perguntou Alexandre.

Eles já haviam comido um pouco, e Cristina e Luiz passaram a conversar em sussurros, e Júlia desconfiou que Alexandre queria deixar o casal a sós.

Em segredo, ela imaginou que, na verdade, o que ele queria era ficar um tempo a sós com ela. Podia estar se enganando, mas Júlia não se importava com isso, não naquele momento.

Eles se levantaram e começaram a andar na pista que havia em volta da Lagoa, em direção a Ipanema.

— Aqui é tão perfeito! — comentou Júlia, depois de andarem por alguns metros em silêncio.

— Sim. Está sendo um dia perfeito — respondeu Alexandre.

E Júlia sentiu suas bochechas arderem, ao pensar que ela poderia fazer parte de um dia perfeito para ele.

Os dois caminhavam lado a lado, com as mãos tocando uma na outra de vez em quando. Júlia não sabia se Alexandre prestava atenção a isso, nem se havia percebido que, em alguns momentos, ela esbarrava a mão de propósito. E, em sua cabeça, tentou pensar que ele também fazia de propósito, embora não parecesse.

— Nunca tinha vindo aqui passear. Eu e o Samuca combinamos várias vezes, mas nunca chegamos a vir de verdade.

— Como ele era? — perguntou Alexandre.

GRACIELA MAYRINK

Eles caminhavam há alguns minutos, até Alexandre perguntar sobre Samuel. Era engraçado que antes não queria saber mais sobre o amigo de Júlia, e não entendia porque não tinha o menor interesse em Samuel. Mas desde que ela esclarecera que eles eram só amigos, Alexandre parecia mais interessado e curioso sobre o cara que saiu da vida da garota sem dar adeus.

— Como vou descrever o Samuca? — comentou Júlia. Pelo canto do olho, Alexandre a viu pressionar os lábios, como se pensasse. As mãos deles esbarraram de novo, e ele se perguntou se ela havia notado que ele estava fazendo aquilo de propósito, só para sentir a pele dela contra a dele. — Ele era o máximo! E não digo isso só porque ele não está mais aqui. O Samuca era tão legal e tão cheio de vida, o cara mais gente boa que você pode imaginar. E jamais abandonaria um amigo.

Ela ficou em silêncio, e Alexandre sentiu um aperto no peito.

— Ele não te abandonou.

— Eu sei. — Júlia piscou rápido algumas vezes, olhando a Lagoa.

Alexandre também ficou admirando a Lagoa, o sol refletindo na água.

Eles caminharam calados por mais alguns metros.

— Acho que eu teria gostado dele — sussurrou Alexandre, tentando quebrar o gelo.

— Sim. Vocês teriam sido grandes amigos. — Ela sorriu e o olhou, e Alexandre sentiu como se todos os órgãos dentro do seu corpo dessem cambalhotas. Era uma sensação diferente, estranha e boa, e ele queria sentir aquilo de novo. — Às vezes, parece que ele te colocou no meu caminho.

— Quero pensar que sim. — Alexandre começou a rir, se lembrando do dia em que encontrara a primeira carta de

Júlia. — Bom, ele pode ter me empurrado e dado uma força sim, para que eu encontrasse a carta.

Ele contou a ela sobre como encontrou a carta, arrancando risadas da garota, ao falar sobre o tombo que levou e a chuva caindo e molhando sua roupa.

— Isso é bem a cara do Samuca mesmo — completou ela. Os dois pararam no Parcão da Lagoa, para observar os cachorros brincando na área cercada. — Por que você não tem cachorro?

Alexandre se surpreendeu com a mudança de assunto.

— Eu tive um. Ele faleceu tem quase um ano — respondeu ele, se perdendo nas lembranças felizes de quando tinham um animal em casa.

— Não quiseram outro?

— Por enquanto, não. — Ele viu dois cachorros brincando e sorriu. — O Hot Dog ficou com a gente muitos anos. Ainda não estamos preparados para colocar outro em nossas vidas.

— Hot Dog?

— Sim. — Alexandre começou a rir. — Ele era um Dachshund, aquele cachorrinho salsicha. Não existe nome mais perfeito.

— Podia ser Cachorro Quente.

— Podia, mas Hot Dog é mais fácil de chamar. — Alexandre voltou a rir, se lembrando da convivência com seu cachorro.

— Por isso você ajuda a ONG?

— Sim. — Ele concordou com a cabeça. E encarou Júlia, voltando a sentir aquela sensação estranha e boa pelo corpo. — Um dia, apareceu um *post* deles em uma das minhas redes sociais. Procuravam quem gostava de escrever, para ajudar nas postagens sobre os bichinhos. Eu não sou um escritor, mas sei me virar. E vi que era uma forma de ajudar quem precisava.

— Você, sempre querendo ajudar.

— Sim. — Ele deu de ombros, se lembrando de quando encontrara o *post* pedindo voluntários para fazer textos e ajudar a ONG, e do carinho que sente por animais que nem conhece. — Há várias formas de ajudar alguém, e ali eu vi um jeito de fazer algo bom, de usar poucos minutos da minha semana para isso. Eu faço um texto sobre um cachorrinho, falando como ele está, para ser enviado aos padrinhos dele, as pessoas que doam dinheiro mensalmente para a ONG. Atualmente, cuido das postagens de quatro cachorros.

— Isso é tão legal! — comentou Júlia, de forma sincera, e Alexandre sentiu que poderia ir nas nuvens naquele momento.

— É bem legal mesmo. Um dia, quero adotar um.

— Outro Dachshund?

— Não. — Ele balançou a cabeça. — Bem, até pode ser. Quero adotar o cachorro mais velho que tiver no abrigo, na época em que for fazer isto. As pessoas, normalmente, só querem os filhotes, ou algum de raça. Eu não me importo com isso, e quero pegar o mais idoso do lugar, para dar a ele uma casa e uma família no seu final de vida.

— Céus, você não cansa de ser perfeito? — perguntou ela, e na mesma hora Alexandre percebeu algo mudar no rosto da garota. — Quero dizer, você tem que ter algum defeito — completou Júlia, sem graça.

— Não sou perfeito, mas tento deixar o mundo um pouco melhor. Não custa nada. — Ele voltou a observar os cachorros brincando. — Algumas pessoas podem me achar um chato por isso.

— Eu não — sussurrou ela.

— Mas você não me deixa te ajudar.

— Estou te deixando. Estou aqui e não lá em casa, brigando com o meu pai.

Alexandre notou que a expressão dela mudou, indo da alegria para a tristeza em poucos segundos.

— Quer falar sobre a briga de ontem?

— Não. — Ela balançou a cabeça, mas começou a falar.

Júlia contou tudo a ele, sobre sua criação e Leonor a controlando sempre.

Ele percebeu, a cada palavra dita, que a forma como Leonor tratou a irmã mais nova, as coisas que ela fez ou disse ao longo da vida de Júlia, foram minando a sua confiança. E notou o quanto a garota se sentia inferior a qualquer outra pessoa, e isso fez o coração dele ficar apertado.

E quando ela contou que o pai sempre se omitiu, sem defendê-la, Alexandre quis abraçá-la, mas permaneceu onde estava.

— A Leonor é... complicada. — Ela suspirou. — E meu pai, ele meio que se mantém distante, um pouco omisso. Já tentei falar com ele antes, mas sempre foge do assunto. E ontem... Não sei de onde arranjei forças para falar com ele mais abertamente. E a briga foi por isso, pela omissão dele. — Ela olhou para baixo, e depois para cima, respirando fundo. — Um dia vai passar, tudo vai melhorar. Eu quero acreditar nisto.

— Vai sim. — Ele finalmente criou coragem e pegou a mão de Júlia. A garota se assustou, olhando os dedos dele envolvendo os seus, e depois encarou Alexandre. — Pode contar comigo para o que precisar.

— Obrigada. — Ela sorriu, de forma sincera. — Seus pais devem estar horrorizados por eu ter saído de casa.

— Eu meio que expliquei a situação a eles — comentou Alexandre, se lembrando da conversa que tivera em casa mais cedo, antes de Júlia acordar.

Ele demorou um tempo tentando fazer com que os pais entendessem o motivo de ela ter saído de casa.

— Será que não é melhor avisar o pai que ela está em segurança? — questionou Renata.

— Não quero me meter nisso — justificou Alexandre.

— Você já se meteu, no momento em que a trouxe para cá — explicou Sérgio. — E concordo com a sua mãe. Não é certo deixar o pai da garota preocupado.

— Ela já enviou mensagem avisando que está bem e em segurança — disse Alexandre. Ele sabia que Júlia avisara Inês, que provavelmente avisou Tadeu. — A família dela sabe que ela está com uma amiga. — Ele encarou os pais. — Por favor, ela só precisa ficar aqui uns dois ou três dias, para se acalmar. Por favor, não interfiram, ou então não vou conseguir ajudá-la.

Os pais aceitaram depois que ele insistira que estava tudo bem, e que uns dias longe de casa poderiam fazer bem a Júlia e à família dela.

— Eles sabem um pouco sobre o que aconteceu, e aceitaram que estou te ajudando — desconversou Alexandre, voltando para o presente e dando de ombros. — Eles me conhecem.

— Não quero causar uma má impressão neles.

— Não causou, não se preocupe. Eles te adoraram.

— Eu também adorei eles. — Júlia sorriu. — Mas não vou morar na sua casa, não se preocupe.

— Pode ficar lá o tempo que quiser — respondeu Alexandre, pensando que não seria algo ruim se ela se mudasse para lá.

— Vou ficar até a consulta com a Dra. Patrícia. Quero conversar com ela antes de voltar para casa. Sei que ela vai me ajudar e me dizer o que fazer.

— Eu posso te ajudar também.

— Já está ajudando — comentou ela, e Alexandre voltou a sentir como se seu corpo fosse explodir.

E só então percebeu que era felicidade que o estava dominando.

Capítulo 21

O sábado à noite foi regado a enchilhadas e longas conversas com a família Vargas.

Júlia se sentiu totalmente à vontade no apartamento e, por ela, jamais sairia de lá, embora soubesse que precisaria fazer isto em breve.

Não queria pensar no momento em que teria que voltar para casa e enfrentar o pai e a irmã. Não queria voltar lá nunca mais, só que não tinha outra opção. Ela não poderia viver no apartamento dos Vargas para sempre, eles não era seus parentes.

Júlia amou cada segundo com aquela família, e jurou a si mesma que, quando tivesse a sua casa, com seu marido e filhos, iria ser daquele jeito. Só haveria felicidade e cumplicidade. Ela se surpreendeu com a facilidade com que Alexandre e Cristina contavam sobre a vida deles para os pais, que assentiam e opinavam, tudo com respeito e compreensão.

Alexandre já havia dito como os pais eram, e como fora seu crescimento em um ambiente onde a verdade deveria ser dita. Ele e Cristina cresceram compartilhando os problemas com os pais, que os orientavam e ajudavam no que fosse preciso, e Júlia pensara que todos os lares deveriam ser assim. E, depois, em como seria maravilhoso crescer em um lar assim.

Era impossível se imaginar chegando em casa e contar a Leonor, ou ao pai, seus problemas na escola e, agora, na faculdade, ou suas dúvidas sobre a vida ou algum garoto que gostava. Ninguém na sua casa sabia nada sobre o que se passava com ela, e ninguém parecia interessado nisto.

GRACIELA MAYRINK

No domingo, após o almoço, ela estava sentada na cozinha, observando Alexandre lavar a louça, e tentando se visualizar como alguém daquela família. Júlia se oferecera para fazer o serviço, mas ele não deixou de modo algum. Renata e Sérgio estavam no quarto, depois de guardarem toda a comida, e Cristina havia ido encontrar Luiz em algum lugar da cidade.

Júlia observava as costas de Alexandre. Elas eram largas e a garota notou como os braços dele mostravam pequenos músculos conforme ia lavando a louça. Os cachos caíam pela nuca e orelha, em um emaranhado de fios negros, e ela percebeu que queria descobrir se eram macios.

— O que acha de dar uma volta na praia? — perguntou ele, se virando rapidamente, e Júlia sentiu o rosto corar, sem saber se Alexandre percebera que ela o analisava de cima a baixo.

— Ir à praia? — Ela tentou não demonstrar pânico, mas não soube se tinha sido bem-sucedida.

Por que aqueles irmãos só queriam saber de praia? Será que todo carioca era assim? Provavelmente, porque, até onde sabia, as praias viviam lotadas nos finais de semana.

— Apenas andar pelo calçadão, tomar uma água de coco...

Júlia se imaginou andando casualmente pela orla de alguma praia do Rio, na companhia daquele carinha legal e fofo, como se fossem... Se fossem o quê?

Eles eram apenas conhecidos que estavam se tornando amigos e, embora ele tenha pegado na mão dela no dia anterior – e aquilo fora incrível –, Alexandre não parecia demonstrar nenhum interesse nela, além da amizade.

— Pode ser — respondeu Júlia.

Ela não tinha nada para fazer, de qualquer forma.

Assim como no sábado, o domingo foi um dia nublado e, enquanto lavava a louça, Alexandre pensava aonde ir. Ele queria dar uma volta com Júlia, distrair a garota e ficar mais um tempo sozinho com ela.

Passara a gostar dos momentos em que ficavam apenas ele e Júlia, conversando sobre a vida de ambos ou sobre qualquer outra coisa. Podiam fazer isto em casa, mas percebera que ela vivera praticamente a vida toda dentro de casa. Júlia quase não passeava pelo Rio de Janeiro, e ele queria fazer vários programas com ela. Se sentia um pouco especial, apresentando lugares comuns a vários cariocas para alguém que nascera ali, mas mal conhecia a cidade.

Ele vira os olhos dela brilhando no sábado, durante o piquenique na Lagoa, e queria que ela sentisse aquela felicidade de novo. Droga, ele queria ser o responsável por aquela alegria, e tentava pensar no que aquilo significava.

A vida de Júlia sempre fora abafada pela irmã controladora, e Alexandre não conseguia imaginar o que era crescer em um ambiente onde não houvesse conversas, só julgamentos, críticas e brigas. Se pudesse dar a Júlia um pouco de alegria, ele moveria montanhas para que isto acontecesse.

Após pensar aonde ir, decidiu trocar a orla de uma praia pelo Aterro do Flamengo. Imaginou que Júlia nunca teria ido lá, passar uma tarde de domingo, o que foi confirmado pela garota.

Os dois foram de metrô até o local, e Alexandre pode ver novamente o brilho nos olhos de Júlia quando chegaram ao complexo de lazer.

GRACIELA MAYRINK

O Aterro do Flamengo tem suas pistas de carros fechadas aos domingos, para que os moradores da cidade aproveitem a enorme área, que vai do Aeroporto Santos Dumont, no Centro, até o início da Praia de Botafogo, passando pela Glória, Catete e Flamengo. Com quadras de futebol, tênis, vôlei e basquete e jardins projetados pelo paisagista Roberto Burle Marx, o lugar fervilhava de gente, e Júlia parecia uma criança deslumbrada, absorvendo tudo.

Eles caminharam um pouco pelo calçadão que separa a Baía de Guanabara dos jardins, até pararem perto de uma barraquinha que vendia água de coco. Após comparem dois cocos, se sentaram na grama, observando a bela paisagem com o Pão de Açúcar ao fundo.

— Já foi lá? — perguntou Alexandre, indicando o famoso cartão-postal da cidade.

— Não. Nem ao Corcovado. — Júlia o encarou. — Seja o lugar turístico ou o bar que você tanto frequenta.

— Podemos ir lá hoje. — Ele sorriu. — No bar, quero dizer. Você vai gostar, é bem animado. De qualquer forma, amanhã é aniversário do Danilo, um amigo meu, e ele vai comemorar lá.

— Ok, vamos deixar para ir amanhã. — Ela o olhou, um pouco sem graça. — Desculpa, eu não sou acostumada com a vida agitada de vocês.

— Tudo bem, não vamos lá hoje, vamos amanhã. O que mais temos é dias para irmos ao Corcovado. Ao bar e ao ponto turístico. — Ele piscou um dos olhos. — E vamos combinar uma ida ao Pão de Açúcar também — completou, indicando a montanha mais famosa do Rio de Janeiro.

— Sim — respondeu Júlia, e Alexandre não sentiu muita firmeza.

Eles terminaram de beber a água do coco, e Alexandre

CARTAS PERDIDAS PELO CAMINHO

se levantou e foi até a barraquinha, voltando com os cocos partidos ao meio.

— Quer comer? — perguntou ele, entregando uma das cascas da fruta para Júlia. Eles comeram um pouco em silêncio, com Alexandre a espiando pelo canto do olho. — Ainda não acredito que você pensou que eu só queria fazer hora com a sua cara, quando te procurei...

— Sim. — Ela riu. — Jamais imaginei que alguém como você e sua irmã seriam meus amigos.

— Por que não?

— Olhe para vocês. A vida perfeita que vocês têm, o quanto são descolados e fazem programas legais e normais. E olhe para mim. Eu não me encaixo nisso.

— Claro que se encaixa. É só querer.

— Eu não sou assim — comentou ela, indicando ele com a mão.

— Assim como?

— Descolado e legal. E animado, de bem com a vida. Uma pessoa forte e bem resolvida.

— Uau. — Ele sorriu e balançou a cabeça, sentindo um aperto no peito. — Vou te falar algo, e estou sendo muito honesto. Você é uma das pessoas mais fortes que conheço. E sincera também.

— Até parece. — Júlia voltou a rir.

— É sim. Você tem uma personalidade definida, que é forte, mas não percebe isso. Talvez, por causa de tudo na sua casa, e isto fez você crescer por dentro, mas você acha que só criou uma fachada. E, na verdade, o que aconteceu com você serviu para te fortalecer e amadurecer mais rápido.

Júlia ficou calada, pensando nas palavras dele, e Alexandre ficou receoso de ter ido longe demais.

Droga, ele já fora longe demais desde que pegara a primeira carta dela. Não era hora de parar.

— Você realmente acha isso? — Ela parecia surpresa.

— Sim. — Alexandre colocou a casca do coco vazia ao seu lado e pegou a mão de Júlia, fazendo com que ela também deixasse a casca da fruta na grama. Ele se virou de frente para ela. — Você não percebe, mas tem força aí dentro. Veja como agiu comigo. Você me empurrou para longe, e não deixou que eu entrasse na sua vida. Se eu não tivesse insistido, agora não estaríamos aqui.

— Você é insistente. — Ela sorriu e ele sentiu aquela cambalhota dentro do corpo. — Eu realmente não queria ninguém na minha vida.

— É o que estou falando. Você é autossuficiente, e é forte para enfrentar tudo.

— Não sou, não. — Ela desviou o olhar, soltando as mãos dele, voltando a pegar o coco e comer mais da fruta.

— Então, o que te deu forças na sexta, para falar com o seu pai?

Júlia ficou alguns instantes pensativa, mordendo o lábio inferior, e Alexandre pensou que queria beijar aquele lábio. E engoliu em seco porque era a primeira vez que ele pensava em beijar Júlia. E percebeu que queria isso já há alguns dias, mas não sabia o que fazer.

Ela não parecia interessada em beijá-lo.

— Não sei se foi força ou se apenas... desisti de resistir... — As palavras dela o despertaram do pensamento de beijá-la. — Acho que cansei de tudo, e só queria, sei lá, enfrentar o que quer que fosse acontecer.

— Como falei, você é forte — comentou ele, firmando a voz para não gaguejar. — Só que não percebe isso.

— Talvez. — Ela deu de ombros, terminando de comer

o coco. — Para quem é de fora, é difícil entender o que acontece lá em casa. As pessoas acham que é só enfrentar a minha família e tudo bem, mas não é assim.

— Eu não penso isso.

— Eu sei. — Ela voltou a encará-lo e Alexandre pensou que estava novamente nas nuvens. — É difícil sair do que foi a minha vida. As pessoas não entendem o que acontece, e falam que é só enfrentar a Leonor e pronto. Esta é uma das razões pela qual me afasto de todo mundo.

— Imagino que deve ter sido complicado crescer assim.

— Muito. — Júlia respirou fundo e voltou a encarar a paisagem à sua frente. — Eu nunca tive mesada. Quando precisava de dinheiro para algo, tinha que pedir para meu pai ou minha irmã. Sempre pedi mesada, mas a Leonor dizia que era melhor assim, que eu não teria um limite de dinheiro por mês. Só que era horrível porque, quando precisava comprar algo, tinha que explicar direitinho o motivo de eu estar pedindo aquela quantia exata de dinheiro. — Ela ficou em silêncio, e Alexandre pensou se devia falar algo ou não, quando Júlia voltou a desabafar. — Eu e o Samuca começamos a fazer alguns bicos pelo prédio, para eu ter um pouco de dinheiro só para mim. Assim que entrei na faculdade, consegui um trabalho. Não pagava uma maravilha, mas eu tinha meu próprio dinheiro. E aí, aconteceu o acidente do Samuel e eu...

— Você precisou sair do emprego.

— Eu não tinha cabeça para nada. Foi um período bem ruim na minha vida. E, até hoje, a Leonor me enche por tudo. Por eu querer trabalhar, por eu largar o emprego, por eu ficar em casa, por querer sair. Por ter amigos, por não ter amigos. Ninguém entende o que eu vivo em casa.

— As pessoas não percebem o quanto ela te dominou e minou a sua confiança. — Assim que as palavras saíram,

GRACIELA MAYRINK

Alexandre percebeu a besteira que fizera. Júlia o encarou com um pouco de... raiva? E ele se sentiu muito mal. — Desculpa, não foi o que eu quis dizer.

— Foi sim. — Ela piscou os olhos, e Alexandre pensou que a garota ia chorar. — Tudo bem, você está certo.

Ela se virou para a frente, olhando a Baía de Guanabara, e Alexandre percebeu que o momento passara e ela parecia ter se afastado novamente, embora não houvesse "*momento*" algum ali.

— Eu me expressei mal — disse ele, tentando consertar o que fizera.

— Você está certo, mas dói ouvir. E dói saber o quanto ela me dominou, e ainda domina, e não há nada que eu possa fazer, pelo menos até conseguir sair de casa. — Ela o encarou mais uma vez, e ele percebeu a tristeza em seus olhos. — Você jamais vai entender, porque tem uma família compreensiva, e cresceu em um lar de amor.

— Ei, estou aqui para te ajudar. E entender o que está acontecendo.

Alexandre colocou a mão no ombro de Júlia, e ela se deixou ser puxada para perto dele, apoiando a cabeça em seu ombro. Ele a envolveu com os braços, sentindo o calor da garota preencher o seu corpo.

Alexandre pensou que, apesar de tudo, era como se realmente ele estivesse nas nuvens.

Capítulo 22

Radiante.

Foi assim que Júlia voltou do passeio com Alexandre, no domingo à noite. Pelo menos, na opinião de Cristina.

Ela observou o irmão entrar em casa, todo sorrisos, ao lado da garota, que estava... Radiante.

Cristina acabara de voltar da casa de Luiz, onde passara a tarde, e havia ido até a cozinha pegar sorvete quando o casal entrou pela porta da sala. E ela se perguntou se eles já eram um casal, porque era meio óbvio que um dia seriam. Pelo menos, na opinião de Cristina.

Alexandre insistia que não gostava de Júlia, apenas queria ajudá-la, mas Cristina o conhecia a vida toda para saber que havia algo a mais ali, um sentimento que o irmão nunca experimentara. E decidiu que não falaria nada, porque queria que ele descobrisse sozinho, e também porque queria observar aquele desenvolvimento de romance entre os dois. Cristina era romântica, e achava adorável aquele casal inusitado se formando.

E havia Júlia, com todos os seus problemas em casa. Alguém que passava pelo que ela estava passando não deveria estar assim, tão radiante, mas ela estava. E Cristina sabia que era porque passara o dia ao lado de Alexandre.

— Como foi a tarde? — perguntou Cristina, quando os dois entraram. Ela saía da cozinha com uma taça de sorvete nas mãos.

— Foi boa — respondeu Alexandre, fechando a porta e sorrindo.

Cristina ficou reparando em como o sorriso do irmão parecia ficar mais forte ao lado de Júlia.

— Só boa? Já são nove horas da noite — comentou Cristina, tomando uma colher de sorvete, e se perguntando se os dois haviam se beijado.

— Virou fiscal? — perguntou Alexandre, indo até a cozinha. — Ainda tem sorvete? Quer sorvete, Júlia?

— Tem. — Cristina abriu espaço para o irmão e Júlia passarem da sala para a cozinha. — Bom, vou para o quarto.

Ela piscou um dos olhos e percebeu Júlia ficar envergonhada, e achou aquilo hilário e adorável.

Cristina entrou no quarto e se sentou na cama, tomando o sorvete e mexendo no celular.

Não demorou muito para Júlia entrar, também com uma taça de sorvete nas mãos. Ela fechou a porta, e Cristina sabia que o encontro romântico com seu irmão, ou o que quer que tivesse acontecido naquele dia, havia acabado.

Agora, era hora das amigas conversarem.

O domingo havia sido um dos melhores dias da vida de Júlia. E ela se sentia triste porque uma coisa banal, como uma tarde no Aterro do Flamengo, consistia em um dos melhores dias da sua vida. E se sentia muito feliz porque algo como um dia inteiro ao lado de um carinha fofo, em um lugar normal da sua cidade, se transformou em um dos melhores dias da sua vida.

Os sentimentos eram contraditórios dentro dela e, ao mesmo tempo, Júlia se sentia totalmente em paz, mesmo com os problemas em casa. Nunca havia conseguido saborear as pequenas coisas da vida, e já vira várias vezes, na internet, postagens mencionando que os pequenos prazeres, o comum, o que estava sempre ali, ao lado da pessoa, o normal, tudo isso podia se transformar em algo grande e fazer bem a alguém. Pela primeira vez, ela aproveitou cada segundo de algo trivial, e conseguiu ver a beleza nas coisas simples.

Era como se um novo mundo tivesse se aberto para Júlia, na forma de Alexandre e sua amizade, sua presença, seu carisma, sua atenção, seus cachos pretos, seus braços que pareciam fortes, seu corpo próximo ao dela, sua boca sorrindo e que ela queria beijar.

Júlia sabia que seu coração seria partido por Alexandre, quando o visse com alguma garota bonita e descolada, como Vitória, pela universidade, mas ela não se importava com isso. Não naquele momento.

Porque, naquele momento, era ela quem esteve ao lado dele o dia todo, passeando pelo Aterro do Flamengo, e depois indo comer hambúrguer e batata frita, como se fossem só os dois no mundo. Ele passara o dia todo com ela, só ela, a fazendo se sentir bem, ouvindo sobre a sua vida e tentando ajudar com os seus problemas. Naquela tarde, Júlia fora o centro das atenções do garoto, e gostara de como se sentira especial.

E, agora, eles chegaram ao apartamento dos Vargas, e Júlia precisou dar boa noite a Alexandre. Ele estava visivelmente cansado, e ela deixou que ele entrasse no quarto sem dar um beijo antes de dormir, depois que ela pegou sorvete. Queria muito um beijo, mas ele não a beijou. Nem demonstrou vontade de fazer isto.

Júlia sabia que pensaria em Alexandre quando colocasse a camisa dele e fosse dormir. Que sonharia que ele se declarava e a beijava, e eles seriam felizes para sempre.

Pelo menos, ela podia sonhar. E sentir o cheiro dele na camisa.

GRACIELA MAYRINK

Será que ele repararia se ela levasse a blusa embora, quando voltasse para casa?

Ao entrar no quarto de Cristina, Júlia viu a garota sentada na cama, tomando sorvete e mexendo no celular. Assim que Júlia fechou a porta, Cristina deixou o aparelho de lado e a encarou.

— E aí, passearam muito? — perguntou Cristina, sorrindo, com uma leve ironia na voz, o que fez as bochechas de Júlia esquentarem.

— Fomos até o Aterro, e depois comemos algo — respondeu Júlia, se sentando no chão, encostada no armário.

— Só isso? — Cristina arqueou uma sobrancelha, e Júlia não soube o que responder. — Pensei que você já seria minha cunhada a uma hora dessas.

Júlia sentiu o sangue gelar e o rosto esquentar ainda mais. Cristina a observava, e ela tentou se manter casual, como se não tivesse sido abalada pelas palavras da nova amiga.

Nunca que iria confessar sua paixonite para a irmã de Alexandre.

— Claro que não, somos amigos.

— Eu e o Luizinho também éramos amigos.

— É diferente. — Júlia ficou calada, implorando silenciosamente para que aquela conversa terminasse. — Ele não me vê desse jeito — sussurrou ela, depois de um tempo.

— Bem... — Cristina balançou a cabeça, e Júlia não soube o que aquilo significava. — Mudando de assunto, você vai ao luau no final do mês, certo?

— Não sei — respondeu Júlia.

Ela havia escutado rumores na faculdade, sobre o famoso luau que alguns estudantes organizavam todos os semestres.

— Ah, vamos! Vai ser tão legal! Você pode ir com a gente. — Cristina colocou a taça de sorvete vazia em cima da mesinha de cabeceira. — Você vai ficar aqui até lá, não vai?

— Claro que não, é muito tempo! — Júlia terminou o sorvete e deixou a taça no chão, ao seu lado. — Estou pensando em voltar para casa na terça, depois da consulta com a minha psicóloga.

— Será que já é uma boa?

— Só tem uma forma de saber.

Júlia deu um sorriso triste, sentindo um aperto no peito ao pensar em voltar para o seu apartamento frio e sem amor, deixando para trás aquele lar cheio de alegria.

— Seu pai mandou alguma mensagem?

— Sim. — Ela sentiu os olhos encherem de água. — Ele enviou várias. As últimas foram mais carinhosas, preocupadas. — Seu coração se encheu de esperança, e Júlia pensou que a convivência em casa poderia mudar. Ela queria que mudasse. — Ele tentou ligar, mas não atendi. Deixou algumas mensagens de voz, me pedindo para voltar, para conversarmos. E as mensagens de texto diziam a mesma coisa, que precisamos conversar e resolver a situação, e para eu voltar para casa. — Ela controlou as lágrimas para que não caíssem.

— Tomara que tudo se resolva. — Cristina sorriu. — Eu entendo que você precisa ir embora, mas não suma, viu? Podemos sair sempre juntas, com os meninos. Nós temos outros amigos legais também, que você vai conhecer amanhã. Praticamente todo fim de semana vamos ao Corcovado ou outro bar legal. Então, vamos combinar algo.

A amiga parecia empolgada, e isto contagiou um pouco Júlia. Ela encarou a garota em cima da cama, toda sorrisos, e desejou, por um momento, que Cristina fosse sua irmã, em vez de Leonor. E, na mesma hora, se arrependeu disto, porque significaria que Alexandre também seria seu irmão, e ela queria que ele fosse outra coisa.

— Obrigada, mas não sei como será no fim de semana. Primeiro, preciso voltar para casa.

— Vai dar tudo certo. Agora, você tem os irmãos Vargas, e nada irá te parar. — Cristina fez uma careta. — Não consigo encontrar uma frase de efeito boa para nós.

— Você é bem legal — disse Júlia, com sinceridade.

— Sou mesmo. — Cristina piscou um dos olhos. — E você vivia fugindo de mim, hein?

— Pois é. E agora estou aqui, dando trabalho para vocês.

— Você não dá trabalho, estou adorando ter alguém aqui comigo, para fofocar antes de dormir. — Cristina sorriu. — Todos os Vargas estão adorando ter você aqui.

Júlia sorriu, realmente se sentindo especial e amada por aquela família.

Capítulo 23

Se tivesse que dar a sua opinião sobre como estava o ambiente dentro do carro, naquela segunda enquanto iam para a universidade, Cristina diria que estava... em suspenso.

Júlia continuava radiante, Alexandre continuava todo sorrisos e Cristina continuava intrigada. Ela tinha vontade de gritar que os dois precisavam se entender, mas então se lembrou dela própria, ignorando os olhares cheios de corações flutuantes que Luiz lhe dera, durante meses.

Claramente, Júlia estava apaixonada por Alexandre, mas Cristina não sabia o que acontecia dentro do irmão. Eles sempre foram amigos e confidentes, mas Alexandre era estranho e arredio quando o assunto envolvia mulheres, e ela sabia que ele não tinha interesse em ficar novamente com Vitória. Alexandre tivera uma namorada durante três anos na época do colégio e, desde então, só ficara com algumas garotas, sem relacionamentos sérios.

E, desde a sexta-feira em que carregara Júlia para o shopping, para comprar uma blusa, que Cristina brincava com Alexandre que ele estava a fim da garota, e o irmão negava o tempo todo. Mas sabia que Luiz também negara os sentimentos por ela durante meses, até Alexandre meio que obrigar os dois a conversar.

Será que ela devia meio que obrigar aquele quase casal, que dividia o carro com ela, a conversar?

Cristina saiu do carro pensando nisso, quando Vitória surgiu magicamente ao seu lado, a assustando.

— Oi — disse a amiga, sorrindo e olhando Alexandre, que também saía do carro. — Oi, Alexandre! — Vitória estava empolgada, acenando para ele, até ver Júlia fechando a porta de trás do carro.

— Olá — comentou Alexandre, sem olhar direito para Vitória, e indo para o lado de Júlia.

Ele cochichou alguma coisa com a garota, que riu. Cristina os observava, enquanto os dois se aproximavam. Alexandre apresentou Júlia para Vitória.

— Preciso ir, tenho que passar na secretaria do departamento antes da aula — comentou Júlia.

— Eu te acompanho — disse Alexandre.

Os dois saíram, e Cristina teve a impressão de ser invisível, até ouvir Vitória tossir.

— Então foi por isso que você me perguntou do Samuel? — quis saber Vitória.

— O quê?

As duas começaram a andar, rumo ao Departamento de Belas Artes.

— Você me perguntou sobre ele porque o seu irmão está a fim da amiga do Samuel.

— O quê? Claro que não! — Cristina encarou Vitória, e percebeu que a amiga estava um pouco magoada. — O Alexandre não está a fim dela — mentiu Cristina, sem saber se era mesmo uma mentira.

— Não é o que parece.

Ela olhou o irmão, ao longe, andando ao lado de Júlia. De fato, eles pareciam um casal apaixonado.

— Não é o que você está pensando — explicou Cristina, sem ter certeza sobre o que Vitória pensava, e sobre o que realmente estava acontecendo. — Ela está com alguns problemas particulares, e o Alexandre está ajudando. Sabe como meu irmão é, né? — Cristina não tinha certeza se Vitória sabia como Alexandre era, mas percebeu que não se importava. Ela não tinha que dar satisfações da vida do irmão para a sua amiga, afinal, eles não eram nada um do outro. — Eu não sei o que se passa no coração do Alexandre, e sempre deixei claro para você que era melhor se afastar.

— Nossa, obrigada, hein? — disse Vitória, parecendo ligeiramente ofendida.

— Desculpa, acho que fui grossa. Mas sendo sincera, eu não sei se ele está a fim dela, se está rolando algo...

— Mas sabe que eu não tenho chances — completou Vitória, um pouco triste.

— Sim. Desculpa. — Cristina deu de ombros.

— Tudo bem, você já falou isso. Mas dói um pouco.

— Eu pensei que era só empolgação.

— Também pensei. Eu amei ter ficado com o seu irmão, e gostaria de repetir. E pensei que era só isso, mas agora que o vi ali, com outra, doeu um pouco.

— Eles não estão ficando.

— Mas vão ficar. — Vitória não perguntou.

— Vem, vamos para a aula, que ela é mais importante no momento — disse Cristina, tentando encerrar o assunto.

Ela ainda pensava se devia meio que obrigar Júlia e Alexandre a conversarem.

Ao voltar para o apartamento com Cristina e Alexandre, na segunda à tarde, Júlia percebeu que já se sentia mais à vontade ali. Não era exatamente uma sensação de estar em casa, mas de estar em paz, em um ambiente leve e acolhedor.

E, então, ela se sentiu triste porque sabia que precisaria ir embora daquele lugar no dia seguinte, e voltar para um local onde o clima era mais tenso.

— Que horas você quer sair? — perguntou Cristina, olhando o irmão, antes de entrar em seu quarto.

— Umas seis e meia? — Ele encarou a irmã e Júlia, esperando uma aprovação do horário. Júlia não falou nada, pois não sabia o que dizer, e Cristina concordou com a cabeça. — Pensei em irmos de metrô, durante a semana é mais difícil encontrar vaga lá, por causa da faculdade que tem perto do Corcovado.

— Beleza, seis e meia então.

Cristina foi para o quarto.

— Quer comer algo? Uma água? — perguntou Alexandre.

— Não. Eu vou ver uma coisa com a Tina — disse Júlia, um pouco nervosa, indo para o quarto da amiga e fechando a porta atrás dela.

Cristina colocava o material da universidade em cima da mesa de estudos, e não olhou Júlia quando ela entrou.

— Animada para hoje? — quis saber Cristina.

— Eu... — Júlia respirou fundo. — Não tenho nada para usar. — Cristina a encarou e Júlia ficou sem graça. — Saí de casa com pressa, na sexta, e não fiquei pensando no que trazer. Só pus algumas roupas mais simples. — Ela deu de ombros. — Para o piquenique e o passeio ontem, ela serviram, mas não acho que vão combinar com um bar.

Na verdade, ela não sabia se as roupas poderiam ser usadas no Corcovado porque não conhecia o lugar. Sabia que na cidade havia bares e bares, e alguns eram simples e casuais, enquanto outros eram mais sofisticados.

— Hum... — Cristina analisou Júlia da cabeça aos pés. — Acho que tenho algumas coisas que podem te servir — disse Cristina, se levantando e indo até o armário, pegando um vestido listrado de preto e branco. — Isto é o que vou vestir hoje.

Cristina colocou o vestido na frente do corpo, para Júlia ver melhor. Era um vestido de alças e justo no corpo e solto da cintura para baixo.

— É lindo!

— Sim. E vamos achar algo lindo para você também. — Cristina colocou o vestido por cima do encosto da cadeira.

Ela voltou a olhar o armário. Cristina tirou poucas peças de roupa e mostrou diversas combinações com elas, fazendo Júlia perceber o olhar para moda que a garota tinha.

E ficou feliz em estar naquele quarto, passando uma tarde agradável com uma amiga, discutindo uma coisa banal como uma roupa para se usar à noite, em um bar.

Júlia experimentou as combinações de roupas montadas por Cristina, e amou todas. No final, ela se decidiu por um short verde-escuro com uma blusa branca.

Quando se olhou no espelho, ouviu a voz de Leonor em sua cabeça. *Não sei se esse tom combina com você*, diria a irmã, mas Júlia fez o som da voz distante sumir quando Cristina aprovou a roupa.

— Ficou tão bem em você! — comentou a amiga.

— De verdade?

— Sim. — Cristina a encarou. — Eu iria com essa roupa. Foi a que ficou melhor.

— Pensei a mesma coisa. — Júlia sorriu e voltou a se olhar no espelho, desta vez em direção à cabeça. Ela tocou em uma mecha do cabelo, vendo a pequena raiz castanha que já começava a aparecer. — Agora, só tenho que arrumar isso.

— Bem, vamos dar um jeito de disfarçar. Deixa comigo. — Cristina sorriu.

Eram quase seis e meia e Alexandre esperava pela irmã e Júlia na sala. Ele já ia até o quarto, chamar as garotas, quando elas surgiram pelo corredor do apartamento, e ele prendeu o fôlego.

Júlia apareceu usando um short e uma blusa, com o cabelo preso em uma trança baixa, lateral ao rosto.

Ela estava simples, mas... diferente.

— E aí? O que achou da nossa produção? — perguntou Cristina, olhando o irmão, que só olhava Júlia.

— Ficou linda — disse Alexandre, sentindo seu coração acelerar e a respiração falhar.

— Vamos? — perguntou Cristina, puxando Júlia pela mão.

Júlia amou o Corcovado, embora não tivesse muito com o que comparar. Ela mal saía de casa, e nunca havia ido a um lugar como aquele. Quando Samuel estava com ela, eles ficavam mais em casa ou iam ao cinema.

Alexandre a apresentou aos seus amigos, que foram muito simpáticos.

— Onde você escondeu a sua amiga esse tempo todo? — brincou Danilo, o aniversariante, sorrindo para Júlia, e ela sentiu o rosto corar.

Alexandre resmungou alguma resposta que ela não ouviu, e a puxou para a outra extremidade da mesa, longe de Danilo.

— Vamos sentar aqui — disse Alexandre, indicando uma cadeira para Júlia.

Cristina e Luiz se sentaram perto dos dois, mas Júlia passou quase a noite toda conversando apenas com Alexandre. Ela amava conversar com Alexandre, e adorava o jeito que ele a olhava, como se estivesse interessado no que ela falava.

Esperava que ele realmente estivesse interessado em cada palavra que saía da sua boca.

— Aqui é bem legal mesmo — comentou ela.

E Alexandre sorriu, aquele sorriso que indicava que estava feliz por fazê-la feliz, o que o deixava ainda mais feliz do que os outros dias em que ele a fizera feliz.

— É sim. — Ele tomou um gole de cerveja. — Por que você quis cursar Química?

— De onde saiu isso? — Ela sorriu, dando um gole em um dos vários drinks que compunham o cardápio do Corcovado.

Todas as vezes que ele se mostrava curioso sobre algo de sua vida, uma euforia tomava Júlia por completo. Era uma sensação nova e estranha e boa e enigmática sentir que alguém tinha qualquer interesse que fosse, nela ou em sua vida.

— É algo que fiquei pensando hoje, durante a aula.

— Bem, não é nenhum motivo nobre igual ao seu, de querer ajudar as pessoas e mudar o mundo.

— Eu não faço tudo pensando em mudar o mundo.

— Faz sim, mas isso não é ruim. — Ela encarou Alexandre. — Eu acho isso muito legal. Mas não, meu motivo foi diferente. — Júlia ficou pensativa, se lembrando de quando decidira o que queria cursar na faculdade. Alexandre a olhava em silêncio, esperando que ela voltasse a falar. — Eu acho muita pressão, termos que escolher o que vamos fazer o resto da vida, quando somos muito jovens. Sempre pensei assim. Mas era boa em Química, na escola, gostava de toda a complexidade da matéria, de descobrir o que uma combinação de elementos poderia gerar... E aí teve uma espécie de feira de profissões no meu colégio, onde vários profissionais explicavam como eram seus empregos, para os alunos poderem saber um pouco mais do mercado de trabalho de cada carreira. E tinha uma pesquisadora, que havia se formado em Química, e ela começou a falar do trabalho que fazia, das pesquisas, congressos que ia...

— E aí você se empolgou?

Júlia mordeu a bochecha, um pouco sem graça, mas decidiu falar a verdade. Alexandre já sabia de todos os seus segredos ridículos e dos seus problemas, e não tinha sumido, fugido dela.

Muito pelo contrário.

— Não. — Ela respirou fundo e olhou para os lados, mas ninguém na mesa ouvia a conversa dos dois. — Eu me empolguei quando ela falou sobre as possibilidades de fazer uma especialização fora, ou arrumar emprego em outro lugar. Sei que isto é possível em qualquer profissão, mas vi a chance de usar algo em que eu era boa, e gostava, para poder me levar o mais longe possível de casa.

— Ah. — Ele apertou os lábios, e Júlia tentou imaginar o que achara daquela informação. — Ok, ok, não te recrimino. É bom pensar em todos os ângulos de uma profissão.

— Ângulos de uma profissão? — Ela começou a rir, e ele a acompanhou.

— Ok, isso não foi muito bom. Mas é legal você fazer algo que gosta.

— Sim.

— Ainda pensa em ir embora daqui? Do Rio, quero dizer.

— Penso em sair de casa. Para onde ir, pouco me importa, de verdade. Só quero conseguir sair de casa.

Alexandre voltou a sorrir, e ela se perguntou se realmente ainda queria deixar o Rio de Janeiro, como sonhou em fazer a sua vida toda.

Ele sabia que ela queria sair de casa, mas não do Rio de Janeiro. Agora, ela confessara que o sonho era ir *"o mais longe possível de casa"*, e algum outro bairro da cidade não se enquadrava nisto.

    Sem saber definir exatamente o que aconteceu dentro dele, quando ouviu aquelas palavras, Alexandre começou a pensar em não ver mais Júlia, em ela se mudando para outro estado, país ou continente, e isto o deixou triste.

    O pensamento de Júlia indo embora ainda ocupava a sua cabeça quando ele foi ao banheiro e, antes de voltar para a mesa, Alexandre esbarrou em Danilo.

    — Ei, cara, essa sua amiga vai passar a sair com a gente sempre? — quis saber o aniversariante, antes de entrar no banheiro.

    — Acho que sim. Por quê? — perguntou Alexandre, de forma cautelosa.

    — Ela é bonitinha. — Danilo deu uma olhada para trás, em direção à mesa. — Ela é solteira? Tem alguma coisa rolando entre vocês?

    — É...

    Alexandre ficou sem reação. Não havia nada rolando entre eles, embora percebesse que queria que algo rolasse.

    Ou estaria confundindo tudo?

    — Cara, se você estiver a fim dela, eu me afasto — completou Danilo, diante da hesitação de Alexandre.

    — Não tem nada rolando, por enquanto. Mas sim, quero que se afaste — respondeu Alexandre, se surpreendendo com as suas palavras.

Ele não soube identificar o sentimento que tomou conta dele. Era um incômodo ao pensar em Júlia com Danilo. Ou com qualquer outro cara.

— Imaginei. — Danilo piscou um olho e entrou no banheiro.

Alexandre não se moveu, apenas ficou parado, olhando a mesa, onde Júlia conversava com Cristina.

Ela estava linda e radiante, como sua irmã comentara com ele, mais cedo, antes de irem para o bar.

E Alexandre percebeu que estava apaixonado.

Capítulo 24

As sessões com a Dra. Patrícia, às terças-feiras, já não causavam desconforto em Júlia como eram no começo do processo. A garota sempre tivera curiosidade em como seria conversar com uma psicóloga, uma estranha que recebia para ouvir os seus problemas.

Ela passara a vida rondando o pai, tentando convencê-lo a pagar uma profissional, para que pudesse ter um suporte e lidar com tudo o que acontecia dentro de casa. A sugestão havia sido de Inês, quando a garota entrou na adolescência e a mãe de Samuel percebeu como funcionava a casa de Júlia.

Só que o pai achava besteira, e dizia que não ia gastar dinheiro com isso, afinal ela não tinha problemas em casa. Júlia se revoltava, e Leonor aproveitava os momentos para diminuí-la ainda mais. *A mamãe teria vergonha, se soubesse que uma das filhas está doida para contar tudo da nossa família para um estranho*, dizia a irmã mais velha, e Júlia se sentia culpada por continuar desapontando a mãe anos depois que ela partira.

Com a morte de Samuel, o abandono do emprego e a tristeza crescendo dentro dela, finalmente Júlia convencera o pai, e agora ela estava ali, depois de meses de consulta, conversando com alguém que mais parecia uma amiga ou uma tia distante. Alguém que lhe entendia, ou fingia entender porque recebia para isto, e que lhe dava conselhos e a conduzia pela vida. Júlia se perguntava se, caso a sua mãe ainda estivesse viva, ela falaria do mesmo modo que a Dra. Patrícia, e lhe daria os mesmos conselhos. Será que também seria compreensiva como a sua psicóloga?

Quando chegou para a consulta e contou sobre o que acontecera na sexta, em sua casa – céus, parecia que havia sido há séculos! –, a Dra. Patrícia ficou um pouco orgulhosa de Júlia, por ela finalmente ter tido coragem de conversar abertamente com o pai, mas logo balançou a cabeça negativamente, quando a garota contou que saiu de casa.

— Você não acha que tomou uma atitude muito radical? — perguntou a psicóloga, e Júlia se sentiu mal por não ter reagido como ela esperava.

— Não sei. — Júlia se mostrou frustrada. — Parece que não faço nada certo.

— Não estou dizendo que você agiu errado. Estamos apenas analisando as suas ações.

— Bem, as minhas ações foram resultado de como todo mundo agiu em casa — respondeu Júlia, tentando soar um pouco adulta, e pensando em como a Dra. Patrícia falaria. — Estou pensando em voltar hoje para casa, e ver como vai ser.

— Interessante. — A Dra. Patrícia a encarou com um sorriso. — Você teve contato com o seu pai ou a sua irmã?

— Não. Papai mandou várias mensagens, mas não respondi. Tenho certeza de que a Inês contou a ele que eu estava na casa de uma amiga.

— E como foi ficar um tempo longe?

— Foi maravilhoso — disse Júlia, sentindo uma empolgação dentro do peito. E, no mesmo instante, se arrependeu por ter demonstrado isto à psicóloga. — Desculpa, isso é errado, não é?

— Nada do que você sente é errado.

Júlia relaxou e contou sobre o fim de semana, a família Vargas, o ambiente acolhedor e amável que havia naquela casa, sobre a sua amizade com Cristina e Alexandre. Apenas omitiu as partes em que Alexandre fazia seu coração disparar mais forte.

A Dra. Patrícia não precisava saber disso ainda. Ou, talvez, nunca.

Fazia poucas horas que Alexandre vira Júlia pela última vez, quando almoçaram juntos na Universidade da Guanabara, mas a falta dela já o incomodava.

Ele estava sentado em frente à mesa de estudos no seu quarto, tentando se concentrar na apostila de Fisiopatologia das Infecções por Eucariotos, mas nada entrava em sua cabeça. Só Júlia ocupava seus pensamentos, e ele checava o celular a cada dez minutos, para ver se havia alguma mensagem dela.

Depois de um tempo lendo o mesmo parágrafo repetidas vezes, ele se levantou e esticou os braços, para melhorar um incômodo na coluna, e decidiu dar uma volta pelo apartamento. Os pais ainda não haviam voltado do trabalho, e Cristina devia estar no quarto dela.

Alexandre foi até lá e encontrou o cômodo vazio. Ouviu barulho na cozinha, onde viu a irmã mexendo no armário.

— Pensei que estava estudando — comentou Alexandre, pegando uma garrafa de água na geladeira.

— Não, estou terminando um trabalho que tenho que entregar na quinta. — Cristina pegou um prato no armário e se sentou em uma das cadeiras da mesinha que havia ali, partindo um pedaço do bolo de laranja que estava em cima da mesa. — E você? Estudando?

— Tentando. — Alexandre bebeu a água e se virou para a irmã. — A Júlia deu alguma notícia para você?

Ele percebeu um sorriso se formar no canto da boca de Cristina, e ficou sem graça por ter sido direto na pergunta.

GRACIELA MAYRINK

— Não. Mas ela ainda nem deve ter encontrado o pai.

— Ok. Só estou preocupado se vai dar tudo certo.

— Não temos como saber. — Cristina deu de ombros, comendo o bolo. — Relaxa, Alex, assim que ela puder, vai dar notícias. Mas não fique chateado se ela não mandar uma mensagem hoje. Não sabemos como vai ser.

— Não vou ficar chateado — respondeu Alexandre, já chateado.

— Ok, ok, não quero brigar por isso.

— Quem está brigando? — perguntou ele, talvez um pouco ríspido e nervoso além do que deveria.

— Uau, calma. — Cristina riu. — Senta, come um pedaço de bolo e relaxa.

— Desculpa — disse Alexandre, se sentando e partindo o bolo. — Estou nervoso por ela.

— Isso se chama outra coisa.

— O que você está insinuando?

— Não estou insinuando nada. — Cristina se levantou e foi até a geladeira, pegando uma jarra de suco. — Estou afirmando que tem algo a mais aí do que só preocupação com uma amiga — comentou ela, indicando o irmão.

Alexandre sentiu o rosto queimar, desviando o olhar. Ele encarou o bolo e pigarreou.

— Eu posso estar meio que a fim dela — sussurrou.

— Ah, finalmente. — Cristina se sentou em frente a ele, servindo suco para os dois. — E quando vai se declarar?

— Nunca. — Alexandre a olhou, espantado. — Não quero...

Ele ficou calado, sem saber o que falar.

O que ele não queria? Levar um fora? Perder Júlia?

— Não quer estragar a dinâmica do grupo? — perguntou Cristina, rindo.

— Haha, como você é engraçada.

— Acho que não vai estragar.
— Não sei se ela gosta de mim. — Alexandre deu de ombros. — Não sei se ela pensa que é só amizade.
— Bem, como é mesmo que você falou com o Luizinho?
— Cristina tocou na mão do irmão. — Sim, ele me contou. Você disse que só há uma forma de saber, ou algo assim.
— É diferente.
— Por quê?
Alexandre não respondeu.
Ele não sabia por que com Júlia era diferente.

Avistar a portaria do prédio onde morava trazia uma sensação estranha a Júlia, e não era boa. Desta vez, quando se aproximou do edifício, naquele começo de noite de terça, o que sentiu pareceu se multiplicar, fazendo o estômago de Júlia se revirar.

Ela respirou fundo e acenou para o porteiro quando destrancou o portãozinho do lado de fora do edifício. Entrou no elevador e apertou o botão do quinto andar, ao invés do sétimo, onde a sua família morava.

Ao tocar a campainha da casa de Inês, Júlia sentiu como se tivesse uma bola dentro do peito.

— Como você está? — perguntou a mãe de Samuel, puxando Júlia para um abraço carinhoso.

— Não sei.

Júlia controlou o choro. Parecia que sua vida era um eterno chorar.

— Vamos, entre.

Júlia entrou na sala e se sentou em uma das cadeiras que cercavam a mesa de jantar.

— Você está sozinha?

— Sim. Pedi que meu marido levasse o Silvio para comer uma pizza, para que você e seu pai pudessem conversar com calma.

A garota sorriu.

Quando deixou a consulta com a Dra. Patrícia, Júlia ligou para Inês e perguntou se poderia conversar com o pai na casa dela, em um terreno neutro e longe de Leonor. Sugestão da psicóloga, que Júlia gostou e Inês aprovou.

Agora, estava ali, aguardando que seu pai chegasse do trabalho, para ter a conversa final. Ou assim ela esperava que fosse.

— Ele confirmou que vem? — quis saber Júlia, apreensiva.

— Sim. Eu mandei uma mensagem dizendo que queria falar de você com ele, que tinha notícias suas, e perguntando se poderia passar aqui antes de ir para a sua casa. Ele confirmou.

Outro sentimento estranho tomou conta de Júlia. Ela não sabia discernir o que era. Talvez... Esperança? Ela tinha esperança de que tudo mudasse e melhorasse, porque não queria – não, não conseguiria – mais viver daquele jeito que vinha vivendo há dezoito anos.

Inês quis saber o que ela fizera durante o tempo afastado de casa, e a encheu de perguntas sobre a família que a abrigara. Júlia contou um pouco de como fora o tempo longe, mas não tudo. Algumas coisas queria guardar só para si.

Antes que terminasse de falar sobre a família Vargas, a campainha tocou e o coração de Júlia disparou. Inês a encarou e ela concordou com a cabeça.

A mãe de Samuel se levantou e abriu a porta do apartamento.

E Júlia viu seu pai.

Capítulo 25

O dia que Júlia sonhara há anos chegou. Não exatamente o dia, mas um dos momentos que ela mais ansiava: a hora de conversar sinceramente com seu pai. Ela já tentara fazer isto várias vezes, a última fora na sexta-feira, mas agora ele iria ouvi-la.

Ele *tinha* que ouvi-la.

Tadeu estava parado na porta, e entrou devagar, cumprimentando Inês.

— Vou passar um café — disse Inês, saindo rapidamente da sala e indo para o quarto.

Júlia sabia que ela não voltaria com café algum, apenas quis deixar os dois a sós, para conversar.

— Oi, pai — cumprimentou Júlia.

— Olá — respondeu Tadeu, cauteloso, e a garota se perguntou se ele sentira sua falta de verdade, nos dias em que esteve fora, como disse nas mensagens, mas permaneceu calada. Depois de um tempo, o pai pigarreou. — Como você está? Passou bem esses dias?

— Sim. — Júlia esboçou um sorriso. — Fiquei bem, não se preocupe — completou ela, sem saber se o pai realmente se preocupara. — Eu pedi que a Inês o chamasse aqui porque quero falar com você sem a Leonor interferir.

Tadeu balançou a cabeça negativamente, e Júlia não soube se era um bom sinal. Ele finalmente se moveu, se sentando no sofá, um pouco afastado, colocando uma sacola grande no chão, ao seu lado.

Júlia permaneceu onde estava.

— A sua irmã... — Tadeu continuou balançando a cabeça. — Nós conversamos muito no fim de semana. Ela só quer o seu bem.

— Eu tenho dúvidas disso — comentou Júlia, surpreendendo a si mesma com as palavras. Ela decidiu jogar limpo, falar para o pai tudo o que estava dentro dela. — Eu cresci com a Leonor me diminuindo, me colocando para baixo. Nunca entendi porque ela agia assim, e talvez seja por causa da falta da mamãe. E também cresci carregando a culpa pela mamãe ter ido...

Júlia sentiu algumas lágrimas chegando aos seus olhos, e não as impediu de cair. Continuou desabafando, falando em como foi crescer à sombra de alguém que nunca a incentivara e a amara. Como foi crescer com Leonor a criticando, e o pai sem fazer nada.

— Eu sei que fui omisso — disse Tadeu, finalmente, após o desabafo de Júlia. — Não percebi o que acontecia lá em casa, ou talvez percebesse, mas achava mais fácil deixar para lá. Eu... — Ele coçou a cabeça, encarando o chão. — Eu peço desculpas, e quero tentar melhorar — Ele deu de ombros, ainda fitando o chão.

— Eu também quero que tudo melhore — sussurrou Júlia, e o pai levantou o rosto, com um pouco de esperança no semblante. — Eu gosto muito de você, e da Leonor também, apesar de tudo. Não quero mal a ela, só quero... — Júlia respirou fundo, novamente, soltando o ar devagar, se lembrando dos Vargas. — Quero tentar ter uma boa convivência, e ser feliz lá em casa. Há muitas famílias que têm problemas, mas eles sentam e conversam, e tentam viver em um clima bom. É o que quero lá para casa.

— Eu pensei muito estes dias em que você esteve longe. E me senti mal por você ter saído de casa, e não sabia onde você estava. Eu realmente fiquei preocupado — disse Tadeu, e Júlia sorriu, pela primeira vez se sentindo amada. — Quando a Inês me disse que você estava na casa de uma amiga, fiquei mais tranquilo, mas continuei me sentindo mal. Quando vi você pegar uma mochila e sair pela porta de casa, sem ter aonde ir, isso quebrou meu coração. Fiquei pensando no que você ia fazer, onde ia dormir. Nunca quis que saísse de casa, e ver você precisar fazer isto porque não conseguia mais continuar lá, foi devastador. E, ao mesmo tempo, fez com que eu pensasse do seu ponto de vista. — Tadeu parou de falar e engoliu em seco, e Júlia desconfiou que ele segurava o choro. — Sei que não fui um pai presente, e ontem conversei bastante com a sua psicóloga.

— A Dra. Patrícia? — Júlia se surpreendeu, e o pai assentiu com a cabeça. — Eu tive uma consulta com ela hoje, mas ela não me falou nada.

— Eu pedi que não contasse nada a você. Fui até o consultório dela ontem porque estava um pouco perdido. Nós conversamos porque eu queria entender um pouco a sua cabeça, e ela me deu vários conselhos. Ela é realmente boa. — Tadeu sorriu, esfregando as mãos de forma nervosa. — E ela indicou terapia familiar. Para nós três.

Júlia começou a gargalhar, sem conseguir se controlar.

— Jura que a Leonor vai aceitar isso!

— Vai ser difícil. Conversei com sua irmã durante o fim de semana sobre as nossas vidas, toda essa situação, e também ontem, quando voltei do consultório da sua psicóloga. Falei que precisamos melhorar, e acredito que você se surpreenderá com o que vai encontrar lá em casa. Sua irmã relutou de início, mas me fez ouvir e fui categórico: precisamos mudar, melhorar.

— Mas a Leonor quer mudar? — perguntou Júlia, um pouco incrédula de que algo acontecesse em sua casa.

— Ela jamais admitirá, mas também ficou preocupada com o seu sumiço. E já não estava mais tão irredutível ontem à noite, em nossa última conversa. Conversamos muito sobre tudo. — Tadeu sorriu, perdido em uma lembrança. — Acho que talvez você se orgulhe um pouco do seu pai, mas fui firme com ela e disse que a terapia era obrigatória para quem quiser continuar morando lá em casa.

Júlia arregalou os olhos, incrédula.

— Sério?

— Sério. — Tadeu balançou a cabeça, com um sorriso no rosto. — Como falei, quando você saiu por aquela porta, na sexta, meu coração se quebrou de uma forma que pensei que não era mais possível, após a partida da sua mãe. Ver você ter que deixar a nossa casa, onde cresceu, sem um rumo, me fez ver as coisas por um ângulo diferente. E eu tive alguns dias para pensar com calma. Sei que as coisas não vão melhorar magicamente, mas precisamos ter mais diálogo em casa. — Ele sorriu um pouco sem graça. — Essas últimas palavras são da Inês. — Ele indicou o corredor do apartamento com o queixo. — Eu conversei muito com ela também, no fim de semana.

— Obrigada, pai — disse Júlia, sem saber se realmente estava sonhando ou vivenciando aquela conversa.

— Vamos melhorar. Vamos ter mais diálogo lá em casa, como tive estes dias com a Leonor, e vou ficar mais atento ao que acontece. Mas não pense que a sua rebeldia vai sair ilesa, você terá um castigo.

Júlia começou a rir.

— Eu já sou adulta, pai.

— Então aja como uma. — O pai se levantou. — Em vez de sair correndo de casa, converse.

— Eu tentei fazer isto! — Júlia se controlou para não gritar.

— Bem, sim. Acho que foi minha culpa, em parte. Mas toda ação lá em casa, agora, terá uma consequência. — Tadeu encarou a filha mais nova. — Nada de saídas durante um ou dois meses. Você precisa estar em casa todos os dias após a faculdade. Não terei como vigiar, mas vou confiar em você.

— Todos os dias?

Júlia pensou no luau, no final do mês, e nas idas ao Corcovado que não aconteceriam tão cedo. Em ela perdendo as festas e noites e Alexandre lá, sozinho, com várias Vitórias em volta dele.

— Bem... Todos os dias por um mês, e aí vemos como vai ser. Se você agir como uma adulta neste tempo, a gente conversa. — Tadeu coçou a cabeça atrás da orelha. — Não sou um pai malvado, como você pensa.

— Tudo bem.

Júlia ainda temia não poder ir ao luau, ou encontrar Alexandre nos finais de semana, se é que ele ainda ia querer sair com ela sempre. Mas não podia reclamar, precisava aceitar o que o pai estava oferecendo, porque podia ser bem pior.

E ela ia fazer por merecer o fim do toque de recolher antes do luau.

Tadeu caminhou até a filha e pegou a sua mão.

— Jamais volte a sair de casa daquele jeito, ou não serei tão condescendente assim — sussurrou ele, puxando Júlia para um abraço.

— Não vou mais fugir — sussurrou ela, de volta.

Claro que a volta para casa não foi o mar de rosas que Júlia esperava. Leonor estava irritada e sem paciência para as frescuras da irmã, como falara assim que Júlia e o pai entraram no apartamento.

Só que Tadeu surpreendeu a filha mais nova, chamando Leonor de volta à sala quando ela ameaçou sair dali.

— Vamos ter uma refeição em família — disse ele, indicando a sacola em suas mãos. — Comprei comida antes de vir. — Tadeu encarou Júlia. — Tinha esperanças de que voltasse para casa hoje.

Leonor esbravejou e disse que Júlia conseguira a atenção que queria, e que, caso Tadeu ficasse mimando a garota, ela iria fazer isso sempre. Tadeu retrucou que agora ele seria um pai de verdade, e que na casa dele haveria respeito e diálogo, e Júlia pensou estar vivendo em uma realidade paralela.

Após algumas outras reclamações de Leonor, os três se sentaram à mesa e jantaram, como uma família pela primeira vez em muitos anos.

— Como foi o trabalho hoje? — perguntou Tadeu, olhando Leonor, que ainda estava carrancuda.

— Bom — respondeu Leonor, um pouco irritada. — Não sei para quê isso. Agora vai ser assim? — reclamou ela.

— Vamos tentar. — Tadeu colocou a mão em cima do ombro da filha mais velha, que estava sentada ao seu lado. — Vamos fazer dar certo. Vocês podem ser amigas, ainda podem salvar a relação de irmãs.

Leonor bufou e ia falar algo, mas se calou perante o olhar do pai.

— Eu não me importo se a Leonor não quiser ser minha amiga — comentou Júlia, embora se importasse sim. O que mais queria era ter um relacionamento com a irmã igual vira Cristina e Alexandre. — Só quero viver aqui em harmonia — disse, usando a palavra que ouvira Renata falar diversas vezes na casa dos Vargas. — Quero ser feliz.

Leonor virou os olhos e Tadeu concordou com a filha mais nova.

Agora, eles tentariam ser felizes.

Capítulo 26

O coração de Júlia disparou na quarta cedo, quando chegou para a aula e encontrou Alexandre do lado de fora do prédio de Química.

— Como foi ontem? — perguntou ele, um pouco ansioso, antes mesmo que ela parasse na sua frente.

— Foi bem. — Ela sorriu. — Desculpa não ter te respondido, mas fiquei conversando com papai até tarde.

— Não tem problema.

Ele parecia um pouco nervoso, e menos à vontade do que antes, mas Júlia não conseguiu identificar o motivo. Será que era porque ela não o havia respondido?

— Desculpa mesmo, eu pensei em te responder depois, mas já era tarde.

— Não tem problema, de verdade — repetiu ele.

Ela olhou para dentro do prédio, não querendo dispensá-lo, mas precisando ir para a aula. Ele realmente estava um pouco estranho.

— Eu... Tenho aula agora — disse ela, cautelosamente.

— Eu também. Almoçamos hoje aqui?

— Sim. — Ela sorriu e ele também, e Júlia percebeu que ele relaxou, o que a deixou mais calma. — No almoço eu te conto melhor como foi ontem.

— Ok, te vejo mais tarde na Lanchonete da Dona Eulália — comentou ele, dando um beijo na bochecha de Júlia e saindo.

O beijo na bochecha não fora planejado, mas Alexandre pensava que eles já haviam passado do ponto do constrangimento e de não saber como agir. Amigos se abraçam e trocam beijinhos na bochecha.

Só que ele não queria ser apenas um amigo, mas também não podia ficar atrapalhando as aulas de Júlia para tentar ser algo mais. Isto iria ficar para outro dia, outro lugar, outro momento.

Alexandre caminhou até o prédio de Ciências Biológicas, sorrindo igual um bobo porque ia almoçar com Júlia.

Eles se encontraram na Lanchonete da Dona Eulália, só os dois. Alexandre deu um jeito de dispensar Luiz e Cristina, sob protestos do casal. A irmã só se acalmou quando ele explicara que queria conversar sozinho com Júlia. Luiz fizera alguma piada sobre uma nova dupla surgindo, e as bochechas de Alexandre queimaram.

E quando ele viu Júlia caminhando em sua direção, todo o seu corpo se aqueceu. Ela estava diferente, menos tensa, e Alexandre imaginou que o motivo pudesse ser a volta para casa, na noite anterior.

— Demorei? — perguntou ela, se sentando.

— Não. — Ele sorriu, novamente igual um bobo. — Pedi pizza de muçarela e suco de laranja, igual ao nosso primeiro almoço aqui.

Júlia começou a rir.

— É mesmo! Nem me lembrava mais.

Ele se perguntou se ela realmente não se lembrava ou se estava só fingindo, para soar de forma casual.

— Bem, eu me lembro do quanto você foi simpática comigo — provocou ele.

— Você sempre ganhando pontos. — Ela piscou um dos olhos.

— Você está diferente.

— Acho que sim. — Júlia deu de ombros. — Acho que, finalmente, tudo vai melhorar e entrar nos eixos.

— Como foi ontem? — perguntou ele. — Nossa, desculpa, fui muito direto.

— Acho que já passamos da parte das formalidades. E você sempre foi direto comigo, mas não de um modo ruim — comentou ela, quase usando as mesmas palavras que povoaram o pensamento dele, mais cedo, quando se despediram antes das aulas. — Foi bom, conversamos muito.

Júlia contou sobre a volta para casa, a conversa com o pai, os ataques de Leonor, a terapia familiar, a aceitação quase que a contragosto de Leonor de tentar fazer tudo dar certo.

— Que bom — respondeu ele, depois de todo o relato.

— Vamos tentar. Sei que não vai ser fácil e rápido, de um dia para o outro, mas vamos fazer dar certo.

— Vai dar sim.

E ele sentiu que sim, que tudo ia dar certo, porque agora ela tinha ele ao seu lado.

E ele faria de tudo para dar certo.

Os dias pareciam se arrastar, agora que Júlia não podia mais sair de casa. Era estranho porque, antes, não se importava com isso: quando não estava na faculdade, passava o tempo todo dentro do quarto.

Só que agora ela queria sair do quarto, do apartamento, e ir para a casa de Alexandre, ou passear com ele por algum lugar da cidade. Queria encontrá-lo fora da Universidade da Guanabara, só os dois curtindo uma tarde no Rio de Janeiro.

Ou queria ir até o Corcovado, rir junto dele e dos amigos, tomar um drink e se divertir.

Mas ela prometera ao pai que aceitaria o castigo por ter saído de casa, e lá estava ela, em um sábado à noite jantando com a sua família.

Jantando com a sua família!

Fazia pouco mais de uma semana que voltara para casa e os jantares começaram, mas ainda não se acostumara com aquela nova situação. E nem sabia se ia se acostumar, porque ainda era muito estranho, mas um estranho bom. Ela estava gostando de passar alguns momentos com o pai e – surpreendentemente – com Leonor, comendo e conversando sobre o dia.

Leonor ainda não tinha baixado a guarda, e se mostrava arredia, sempre com a cara fechada enquanto comia, mas isso não tirava a felicidade interna de Júlia. O pai estava tentando fazer dar certo, e era visível o quanto ele se esforçava para que tudo ficasse bem.

— Eu marquei a terapia familiar. Será sempre na última quarta-feira do mês — disse Tadeu, de forma casual, enquanto servia arroz.

— O quê? — Leonor o encarou, com irritação. — Você nem me consultou.

— Eu sei que vocês estão livres às quartas, mas se alguma vez tiverem um compromisso inadiável, a gente remarca — continuou o pai, como se a filha mais velha não tivesse tido um ataque.

— Eu não quero ficar encontrando uma pessoa estranha, e falando sobre o que acontece aqui em casa — reclamou Leonor.

— Justamente porque não falamos o que acontece aqui em casa é que somos todos infelizes — justificou o pai, e Leonor não falou nada.

Júlia também ficou em silêncio, comendo e sorrindo para Tadeu.

— Que bobeirada isso. Viramos uma família patética — balbuciou Leonor, um pouco depois.

— Não, vamos virar uma família que conversa, e discute os problemas. Vamos melhorar — comentou Tadeu, com gentileza na voz. — Nós precisamos disso, você sabe muito bem. Vai ser bom para todos nós.

— Tenho minhas dúvidas — disse Leonor, ainda irritada, encarando a irmã mais nova.

— Vai ser bom, você vai ver. — Tadeu deu um tapinha de leve na mão da filha mais velha. — Os jantares já estão fazendo um efeito bom aqui em casa.

Ele sorriu e Leonor virou os olhos, sem reclamar mais.

Capítulo 27

Os dias continuaram se arrastando, e os momentos em que Júlia mais se sentia feliz eram quando via Alexandre na universidade. Ela só o via lá.

Não queria mentir para o pai e inventar que fora para casa após a faculdade e, ao invés disto, ir ao cinema, ou dar uma volta com Alexandre, ou qualquer outra coisa. Prometera a Tadeu e estava cumprindo: seria da casa para a universidade, da universidade para casa.

Júlia não queria decepcionar o pai, não agora que as coisas estavam melhorando. E ele prometera que ela poderia ir ao luau, caso continuasse mostrando que era uma adulta.

Ela queria ser adulta, e agir como adulta. Às vezes, era difícil porque Leonor ainda a tirava do sério, mas agora o pai não era mais tão apático como antes, e vinha vigiando o clima em casa.

Então, Júlia aproveitava os almoços durante a semana para ver Alexandre. E conversar com ele.

Se pudesse, ela passava o resto da vida conversando com ele.

Em todos os momentos que via Júlia, o coração de Alexandre acelerava. E ele se sentia um bobo, e ficava feliz, e parecia que ia explodir, e seu estômago dava cambalhotas, e o peito apertava, e lhe faltavam palavras para descrever aquela sensação.

Ele nunca se sentira assim.

Pensava que já havia se apaixonado, quando namorara durante anos, na época do colégio. Mas aquilo fora uma paixão de adolescente, muito diferente de como ele se sentia com Júlia. Com ela, era como se não houvesse mais nada nem ninguém no mundo, e ele só queria fazê-la rir. Ele queria fazê-la feliz.

Júlia parecia feliz, quando eles se encontravam, e contava sobre os progressos em casa. E Alexandre se perguntava o que ela sentia, sem coragem de expressar para aquela garota o que ela fazia com ele.

Ao passar dos dias, um medo começou a tomar conta de Alexandre: de que Júlia só o via como um amigo, um novo Samuel. Ele queria ser sim amigo dela, mas também queria algo mais. Ele não estava pronto para perceber que ela só o via como via aquele garoto especial que se fora, que ela gostasse dele apenas como gostava de Samuel.

Alexandre queria ser especial na vida de Júlia, só que um especial em um nível acima de Samuel, se é que isto era a definição de alguma coisa. Mas ele não sabia como se expressar, como falar o que sentia.

Como dizer a Júlia que não conseguia mais ver a sua vida sem ela?

— Seja sincero e se declare — disse Cristina, um dia, quando ele conversou com a irmã.

— E se ela não gostar de mim?

— Você segue adiante.

— Não quero seguir adiante — reclamou Alexandre, voltando para o quarto irritado, sem saber o motivo da irritação.

E então ele começava a pensar em passar o resto da vida sendo amigo de Júlia, como Samuel era, e a vendo ser feliz com outro cara, e isto o deixava angustiado.

Como Samuel conseguiu viver ao lado dela por anos e não se apaixonar?

O mês estava chegando ao fim e Júlia ainda não sabia se iria ao luau, que aconteceria na semana seguinte. Ela passava os dias pensando na festa, e em Alexandre lá, na praia, cercado por Vitórias tentando chamar a atenção dele, e isto fazia com que ela se sentisse mal.

Queria muito ir, mas também estava com medo. Medo de vê-lo com outra, de finalmente chegar o dia que temera e ter o seu coração partido. Será que conseguiria se recuperar disto?

Sua cabeça estava cheia de imagens de Alexandre beijando Vitória, ou alguma outra garota da faculdade. Qualquer uma que passava por ela, naquela manhã de segunda, automaticamente ia para os braços dele em seu pensamento.

E, quando chegou ao prédio de Química e o viu na entrada, esperando por ela, Júlia fez força para que aqueles pensamentos fossem embora.

O sorriso dele ajudou a espantar qualquer imagem.

Ela amava as segundas-feiras, quando ele a esperava na entrada do prédio de Química, para que se vissem após dois dias separados.

Como ela ia viver vendo-o com outra em seus braços?

A semana do luau chegou e Júlia continuava sem saber se poderia ir. Ela se sentia uma criança, esperando a aprovação do pai para sair de casa, mas era o preço que precisava pagar por ter realmente saído de casa.

Alexandre já perguntara algumas vezes sobre a festa, mas Júlia nunca tinha uma confirmação, e ele parou de perguntar. E, agora, estava na Lanchonete da Dona Eulália, esperando ele aparecer para almoçarem juntos, e ainda não tinha a resposta.

Antes de Alexandre chegar, Júlia viu Cristina se aproximando, com Vitória ao seu lado. Elas pararam em frente à mesa que Júlia ocupava, e Vitória se despediu com pressa.

— Ela ainda está arredia por sua causa — sussurrou Cristina, quando Vitória se afastou.

— Minha causa? Nunca fiz nada a ela.

Júlia ficou olhando a garota se afastar.

E só então percebeu que realmente nunca conversara com a amiga de Cristina, que sempre saía de perto quando ela se aproximava.

— Bem, você conquistou o coração do meu irmão — disse Cristina, e na mesma hora ela prendeu o fôlego e arregalou os olhos. — Ai, meu Deus, por favor, não diga que eu falei isso em voz alta!

— Falou — comentou Júlia, sentindo o corpo todo estremecer de felicidade.

— Ai, droga, o Alex vai me matar. — Cristina envolveu a cabeça com as mãos. — Droga, droga, droga.

Júlia ficou em silêncio, vendo Cristina reclamar e sentindo o coração acelerado.

Então, ele gostava dela?

— É verdade?

— Eu não disse isso — comentou Cristina, com a voz abafada pelos braços, que ainda cobriam a sua cabeça.

O que ela faria com aquela informação? Bom, nada. Ela não faria nada porque não sabia o que fazer. Nunca um garoto gostara dela.

Nunca ela havia conquistado o coração de alguém.

E ficou pensando nas palavras de Cristina, no quanto elas lhe fizeram bem. Era tão bom saber que podia conquistar o coração de um cara, ainda mais alguém como Alexandre.

— Eu... Não sei o que dizer — comentou Júlia, sentindo o rosto corar.

— Ah, nem eu, droga. — Cristina finalmente levantou a cabeça. — Meu irmão vai me matar. — Ela encarou Júlia. — Eu preciso saber se ele tem alguma chance.

Alguma chance? O que ela ia responder? Se falasse a verdade, Cristina poderia contar para Alexandre. Mas se mentisse, a irmã poderia avisar a ele que não tinha chance alguma e Alexandre seguiria adiante. Com Vitória ou alguma outra garota.

— Eu...

Júlia não conseguia falar, apenas sorria.

— Posso contar isso como um sim? — perguntou Cristina, um pouco mais calma. Júlia apenas balançou a cabeça, concordando. — Ah, que bom, menos mal. Você pode fingir que não ouviu nada do que eu te contei?

— Posso tentar — disse Júlia, sorrindo de orelha a orelha.

— Ai, disfarça quando ele chegar, por favor.

— Vou tentar.

Cristina quase teve um ataque quando Alexandre chegou, porque Júlia não conseguiu disfarçar muito bem. A sorte foi que seu irmão era distraído, e talvez tenha achado que a empolgação e sorrisos de Júlia eram porque a terapia familiar começaria naquele dia.

O almoço só não foi pior porque Luiz estava junto, e ele fizera várias piadas e contara alguns casos do curso.

Quando os dois rapazes se despediram e foram para a biblioteca, porque precisavam fazer um trabalho para alguma aula de um organismo que ninguém via ou sabia que existia, Cristina puxou Júlia pelo braço e a fez se sentar de volta, antes que ela fosse embora.

— Puxa, Jú, eu pedi para você disfarçar.

— Eu disfarcei — disse Júlia, sem conseguir disfarçar o sorriso. — Eu nem acho que ele gosta de mim...

— Ele vai me xingar muito, vai ficar bravo comigo — repetiu Cristina, tentando decidir se contava ou não para o irmão o fora que dera.

Ele realmente ia ficar bravo.

Depois que Alexandre fora para a biblioteca, Júlia ainda estava feliz, mas um pouco receosa se realmente o garoto gostava dela. Ele não parecia demonstrar, mas ela não tinha muito com o que comparar.

Nunca conquistara o coração de alguém.

— Deixa eu contar para ele e ver o que ele fala — pediu Cristina, e um pânico tomou conta de Júlia.

— Não, por favor! Ele não pode saber que eu sei.

— Ai... — gemeu Cristina. — Ok, ok, vou pensar em algo. Talvez vocês se resolvam no luau.

O luau. O bendito luau, que aconteceria no sábado, dali a três dias. Ela queria e não queria ir.

— Ah, céus, o luau.

— Você já sabe se vai? — perguntou Cristina.

Júlia teve a impressão de que a garota ia enfartar.

E se sentiu mal por sabia que a amiga estava péssima por causa do fora que dera.

— Ainda não sei, preciso ver com o meu pai. — Júlia balançou a cabeça. — Isso soa péssimo. Além do mais, minha raiz já está muito grande, e não vou ter como arrumar, pois não posso sair de casa.

Júlia indicou a cabeça, se arrependendo, pela primeira vez, de ter descolorido o cabelo. Fizera aquilo em um instante de raiva, para irritar Leonor, e não pensara em como seria a *"manutenção"* de todo o processo. Agora, a raiz estava visível, e Júlia já não tinha certeza se queria continuar loira.

Na verdade, a única vez que ela pensou em descolorir o cabelo foi quando a irmã chegou um dia em casa loira. Júlia tinha uns quatorze anos de idade, e achou que Leonor parecia outra pessoa, e ficou se perguntando como ela mesma ficaria se mudasse a cor do cabelo.

Na época, comentara com Leonor, que a olhou e acabou com a sua vontade em poucas palavras.

— Você vai ficar feia loira. Seu cabelo é totalmente sem graça, mantenha essa cor que é a que melhor combina com você.

Júlia não sabia o que significava um *"cabelo sem graça"*, mas crescera ouvindo a irmã mais velha falar isso dela. *Nunca mude seu cabelo, porque ele já é sem graça, se fizer um corte diferente, vai piorar*, dizia Leonor, quando Júlia comentava sobre um corte da moda. *Esse tipo de corte não combina com seu rosto. Melhor continuar com o que você usa desde criança, pois seu cabelo é totalmente sem graça*, completava a irmã mais velha, em outro momento.

Júlia crescera com medo de mudar o jeito que usava o cabelo, até o dia em que Leonor a irritou e ela decidiu descolorir.

— Ah, isso a gente dá um jeito! Eu posso ir até sua casa e retocar para você, ou te deixamos morena novamente. Como preferir — comentou Cristina, puxando Júlia de volta do passado.

A amiga parecia empolgada, e isso contagiou um pouco Júlia.

— Não sei... Não sei se vou conseguir comprar tudo o que precisa para ajeitar o cabelo até sábado — comentou.

— Deixa comigo! Só me avise que cor você quer e eu providencio tudo. Vou amar organizar isso para você.

— Acho que não quero mais ser loira.

— Então a gente volta para a cor natural. O que acha? — Cristina balançou a cabeça. — Eu preciso de uma distração enquanto penso no que falar para o meu irmão. — Ela encarou Júlia. — Por favor, ele vai acabar comigo se souber que eu te contei.

— Tudo bem, vamos combinar a mudança de cabelo, se isto vai te fazer bem. — Júlia sorriu para Cristina. — E não se preocupe, ele não vai saber que você me falou.

Porque é claro que Júlia jamais contaria a ele.

Capítulo 28

A terapia familiar começou de forma tumultuada. Primeiro, Leonor demorou a chegar. Tadeu e Júlia entraram na sala da psicóloga, indicada pela Dra. Patrícia, e tentaram explicar o que acontecia em casa.

Depois, quando Leonor chegou, ela reclamou horrores sobre a terapia, o fato de o pai e a irmã terem se adiantado e a pintado como um monstro e, principalmente, a aversão que tinha em contar os problemas para uma estranha.

A psicóloga não se deixou abater e se manteve compreensiva, ouvindo todas as queixas de Leonor. Júlia a amou desde o primeiro instante, mais ainda do que amava a Dra. Patrícia.

— Você acha que o fato de ter se atrasado é uma forma de sabotagem ao processo da terapia? — perguntou a psicóloga, e Leonor ficou sem reação.

— Que palhaçada — reclamou Leonor, cruzando os braços. — Claro que não! Eu também quero viver em paz.

— O que você entende por viver em paz? — perguntou a psicóloga, e Leonor ficou calada. Todos ficaram calados. — Qual é a sua última lembrança sobre *"viver em paz"*?

O lábio inferior de Leonor tremeu perante a pergunta da médica, e Júlia pensou que a irmã se levantaria e sairia da sala, mas Leonor permaneceu quieta.

— Ela acha que eu matei a mamãe — disse Júlia, surpreendendo a todos e a si mesma. — Ela sempre me culpou por ter tirado a mamãe da vida dela.

— É verdade, Leonor? — perguntou a psicóloga, e Leonor balançou a cabeça, parecendo um pouco perdida, com algumas lágrimas começando a descer pela bochecha.

— Eu... — Leonor respirou fundo. — Eu era tão nova... E dói tanto...

E, então, algo mágico aconteceu: Leonor desandou a falar, a chorar, a colocar para fora o que guardara em seu peito por muito tempo.

Tadeu se assustou, dando tapinhas nas costas de Leonor, enquanto a filha mais velha fungava.

Júlia se surpreendeu ao ver a irmã se abrindo já na primeira consulta, algo que nunca pensou que pudesse acontecer. Ficou imaginando o quanto a irmã também sofreu, guardando aqueles sentimentos dentro de si, durante anos, sem ter com quem conversar, e agora podia desabafar e colocar tudo para fora com uma pessoa que estava ali para ajudá-la.

Ela ficou feliz por Leonor, e triste porque a irmã jamais se aproximou dela, para poderem dividir uma dor similar, que ambas carregavam. Júlia queria ter estado a vida toda ao lado de Leonor, como também queria que a irmã tivesse estado ao seu lado.

— O que você sente quando expressa, em voz alta, esses sentimentos que ficaram adormecidos por anos dentro de você? — perguntou a médica, e Leonor voltou a chorar e desabafar por mais um tempo.

Quando a consulta terminou, todos pareciam um pouco atordoados, e Leonor voltou para casa em silêncio.

Ela já havia falado muito.

O jantar de quinta-feira foi uma calmaria como há muito Júlia não via. Ela não se lembrava da última vez que aquele apartamento esteve tão silencioso, com os três reunidos no mesmo cômodo.

Leonor ainda parecia abalada por causa da terapia no dia anterior, Tadeu ainda estava desnorteado e Júlia ainda estava em êxtase, pensando que havia conquistado o coração de Alexandre.

Ela não o encontrara naquela manhã, na universidade, porque Alexandre tinha uma prova, e Júlia precisou almoçar rápido e ir para uma consulta no dentista.

Será que vou encontrá-lo amanhã?, pensava.

Ela queria vê-lo sozinha, sem Cristina e Luiz ao lado, mas eram raros os momentos em que o casal de amigos não estava junto de Alexandre.

Eles se encontraram na quarta, após o fora de Cristina, mas foi tão rápido e tão cheio de gente que eles mal conversaram.

E como seria conversar sozinha com Alexandre, agora que ela sabia que ele gostava dela? *Que ela havia conquistado o coração dele.*

Antes que o jantar terminasse, Júlia se lembrou do compromisso com Cristina e respirou fundo, criando coragem para falar.

— Sobre o luau... — Ela não soube como terminar a frase, mas o pai sorriu.

— Você pode ir.

— Sério? — perguntou Júlia, feliz.

— Sério. Só se comporte, por favor — comentou Tadeu, e Júlia concordou com a cabeça.

— Agora essa menina consegue tudo o que quer — reclamou Leonor, saindo do transe pós-terapia, mas Júlia não se deixou abater.

Ela ia ao luau!

— Ah, e, amanhã, uma amiga vai vir aqui de tarde, para me ajudar a pintar o cabelo — completou Júlia.

— Uma amiga? A que você se refugiou na casa dela? — perguntou Leonor. — Você vai continuar com essa cor aí?

— Não, vou voltar para a cor original — respondeu Júlia, percebendo Leonor relaxar.

— Então, sempre tive razão? Você fica melhor com o cabelo castanho? — provocou a irmã mais velha.

— Leonor, sem brigas — pediu Tadeu.

— Não estou brigando, estou conversando. Não é o que você quer? — perguntou Leonor, um pouco petulante, mas tentando fazer uma voz doce.

— Foi legal ser loira por um tempo — explicou Júlia, não caindo na provocação da irmã. Já estava cansada de brigar, e o clima no apartamento havia melhorado desde que os jantares começaram. — Apenas não tenho a sua paciência de ficar retocando a raiz, então vou voltar para a cor original, por causa da praticidade.

— Ok, então — disse Leonor, sorrindo, e Júlia decidiu ignorar.

De modo algum ia voltar a cair nas provocações dela. Não agora.

Será que a consulta ontem não serviu para nada?, pensou.

— Convide a sua amiga para ficar para o jantar. Vamos gostar de conhecê-la — comentou Tadeu.

E Júlia pensou se realmente pediria a Cristina que ficasse para o jantar.

Provavelmente, não.

Certamente, não.

Cristina estava adiando a conversa desde quarta, mas sabia que não podia mais fazer isto. No dia seguinte, ela iria até a casa de Júlia, e precisava confessar ao irmão o fora que dera.

Receosa, bateu na porta do quarto de Alexandre e entrou, encontrando-o na cama, lendo um livro.

— O que está lendo? — perguntou ela, nervosa.

— *Amor em Alta*, do Erick Bacelar. A Júlia me emprestou — comentou Alexandre, fechando o livro. — O que foi? Você está pálida.

— Eu... Preciso confessar uma coisa e acho que você vai me odiar depois que eu te contar.

O sangue de Alexandre pareceu congelar quando Cristina falou aquilo. Ele sentiu um incômodo por dentro, como se algo ruim estivesse prestes a acontecer, e sentiu a boca secar.

— O que foi? — perguntou Alexandre, cauteloso.

— Eu dei um fora com a Júlia.

— O que você fez?

Cristina começou a andar pelo quarto, esfregando as mãos, e falando de Vitória e do quanto a garota gostava dele.

Alexandre ficou confuso.

— Calma, você está falando da Vitória ou da Júlia?

A irmã o encarou.

— Desculpa, Alex, eu falei com a Jú que acho que a Vitória não quer papo com ela porque a Jú conquistou o seu coração — disse Cristina, rapidamente, e Alexandre entendeu metade do que ela falou.

— Ok, calma. Você contou para a Vitória que eu gosto da Júlia?

CARTAS PERDIDAS PELO CAMINHO

— Não. — Cristina balançou a cabeça e se sentou na cama, em frente ao irmão. — Eu contei para a Jú que você gosta dela.

Alexandre respirou fundo e piscou várias vezes. Ele sentiu o incômodo indo embora do corpo, sendo substituído por um nervosismo.

— Ah... E ela?

— Acho que gostou de saber. — Cristina sorriu. — Acho que ela também gosta de você — sussurrou a irmã.

— Verdade?

— Não sei! Ela não falou claramente, com todas as palavras, que gosta de você, mas deu a entender que sim. — Cristina se levantou e voltou a andar pelo quarto. — Desculpa, Alex, saiu tão naturalmente que nem percebi o que estava falando. — Ela encarou o irmão. — Mas acho que talvez isso sirva de empurrão para vocês. — Cristina voltou a se sentar em frente a Alexandre.

— Eu... Eu... Não sei o que falar.

— Bem, você meio que fez a mesma coisa com o Luizinho, então não pode achar ruim — comentou Cristina, menos nervosa.

— É sério que você está tentando virar o jogo?

— Você está com raiva de mim?

Ele ficou pensativo, analisando todas as emoções que estava sentindo.

— Não — respondeu, de forma sincera. Ele realmente não estava com raiva da irmã. — Eu só estava esperando o luau, para... Sei lá, ver se algo acontece. Se ela for.

— Até parece! Se depender de você e da Jú, nada vai acontecer tão cedo.

— E o que eu faço agora?

— Nada. Só viva e seja feliz, Alex. Pare de pensar muito. Ela gosta de você também.

— Você disse que não tem certeza disso.

— Só tem um jeito de descobrir, não é mesmo?

Sim, só havia um jeito.

E Alexandre decidiu que, caso Júlia fosse ao luau, descobriria se ela realmente gostava dele.

Ele não aceitaria ser um novo Samuel na vida da garota.

Ele queria estar um nível acima de Samuel.

Alexandre queria ser o namorado dela.

Capítulo 29

Na sexta, Júlia não encontrou Alexandre novamente.

Ela levou Cristina para o seu apartamento logo após as aulas. Elas compraram sanduíches em uma lanchonete perto e foram comer em casa, com Cristina cheia de sacolas para a tarde de amigas que viria pela frente.

— Trouxe tinta para o cabelo e também esmalte. Vamos pintar as unhas e ficarmos lindas — comentou Cristina, eufórica.

Júlia também se sentiu eufórica. Nunca passara a tarde com uma amiga, pintando o cabelo e as unhas e fazendo planos para uma festa.

Elas comeram os sanduíches e, depois, Cristina começou a função de pintar o cabelo de Júlia. A tarde passou rápido, com as duas conversando e rindo e, quando Júlia saiu do banho, com o cabelo mudado, Cristina aprovou.

— Acho que ficou bom — comentou Júlia, se olhando no espelho que havia em seu quarto.

— Ficou ótimo! Quer que eu seque? — perguntou Cristina, sentada na cama de Júlia.

— Não precisa.

Júlia voltou a se encarar no espelho e se viu, novamente, com a mesma cara emoldurada pelo mesmo cabelo de uma vida toda. Mesmo assim, se sentiu diferente, parecendo enxergar outra pessoa no reflexo. Tanta coisa havia acontecido e tantas mudanças chegaram em sua vida, desde que usara aquela cor pela última vez.

— Só não digo que agora você é uma nova mulher porque sempre usou esse tom — brincou Cristina.

— Eu me sinto outra. É estranho, né?

Era como se realmente fosse uma nova pessoa, uma nova Júlia, tão diferente daquela garota de um tempo atrás. Pensara que podia se arrepender de voltar a ser como era, mas percebera que já não era mais a mesma. E sentira falta do cabelo na cor original.

Agora, ela estava mais confiante, mesmo sendo a Júlia de sempre.

— É legal se sentir diferente, se for um diferente bom — disse Cristina.

— É um diferente bom.

— Isso que importa. — Cristina sorriu. — O que acha de pintarmos as unhas agora? — perguntou ela, com a mão cheia de vidros de esmalte.

— Pode ser. Mas antes, quero que você me ajude a ver uma roupa para o luau — pediu Júlia, um pouco sem graça.

— Que bom que seu pai te liberou para ir — Cristina estava ainda mais eufórica do que quando chegara ao apartamento.

— Sim — disse Júlia, sentindo seu estômago dar cambalhotas. Ela ia encontrar Alexandre no dia seguinte. Mas não sabia o que vestir. — Você tem um olho muito bom para combinar roupas — comentou, mostrando seu armário aberto.

— Ah, deixa comigo. Vamos escolher algo e você será a garota mais bonita do luau. — Cristina se levantou e parou ao lado de Júlia. — Bom, nós duas seremos as garotas mais bonitas do luau — completou, piscando um olho para Júlia.

CARTAS PERDIDAS PELO CAMINHO

O sábado chegou trazendo o luau que os alunos da Universidade da Guanabara tanto esperavam a cada semestre. Uma enorme estrutura para receber trezentas pessoas foi montada na Praia da Reserva, o trecho de areia que divide a Barra da Tijuca do Recreio dos Bandeirantes. O local foi escolhido por ser afastado dos prédios e casas.

Uma grande tenda foi colocada na areia para servir de bar, onde se podia beber e comer à vontade. Outra estrutura a céu aberto servia de pista de dança. A ideia era deixar tudo descoberto para que as pessoas pudessem apreciar as estrelas, embora as luzes da pista impedissem que se visse alguma coisa além da iluminação artificial.

Em outra estrutura, também descoberta, estavam pufes, almofadas e sofás para o descanso do público, mas que logo foram ocupados pelos casais apaixonados, que buscavam um pouco de sossego da música agitada.

Tudo foi cercado por grades de ferros e seguranças, que impediam a entrada de pessoas sem convite.

— Que horas a Tina vem? — perguntou Alexandre, checando o celular.

— Não sei, ela não falou — respondeu Luiz. — Ainda não entendi porque elas não podiam vir com a gente.

— A Tina disse que ela e a Júlia precisavam organizar alguma coisa antes de vir — Alexandre deu de ombros.

Ele também não entendera. Cristina apenas falou que ia até a casa de Júlia, para se arrumar lá, e os encontraria no luau, pois ela ficara de levar sei-lá-o-quê para Júlia – um cinto, um pano, um adereço qualquer que ele não se lembrava –, antes de irem para a festa.

— Daqui a pouco elas chegam. — Luiz tomou um gole de chope.

Alexandre esperava que sim. Estava ansioso para passar

algumas horas com Júlia. Eles apenas se viam na faculdade desde que ela fora embora da casa dele e, mesmo assim, não todos os dias, e raramente estavam sozinhos.

Com a imposição do pai dela, Júlia só podia ir para a faculdade ou alguma consulta médica, o que impediu uma ida ao Corcovado ou a algum outro lugar.

E agora ele estava ali, na areia, cercado de jovens se divertindo, mas Alexandre ainda não se divertia. Sabia que a noite só estaria completa quando Júlia chegasse. A cada cinco minutos, ele olhava a entrada do luau.

Foi quando viu a irmã acompanhada de Vitória e outra garota de cabelo castanho. Alexandre tentou encontrar Júlia atrás delas, sem sucesso. E, então, ele percebeu: a garota de cabelos castanhos era Júlia.

Seu coração disparou porque ele a achou ainda mais bonita e feliz do que antes. E percebeu que não podia mais esperar e foi ao encontro delas.

Cristina e Vitória falaram um oi quando ele se aproximou, mas Alexandre as cumprimentou rapidamente, e continuou a andar até parar em frente a Júlia.

— O seu cabelo! — disse ele, se sentindo um bobo idiota.
— Gostou? A Tina me ajudou a voltar para a cor original.
— Sim, você está linda!

Ao entrar no luau e ver Alexandre vindo em sua direção, Júlia sentiu o rosto corar e a respiração acelerar.

Ela quase não falara com ele desde que descobrira que conquistara o seu coração. Mal sabia Alexandre que ele também havia conquistado o coração dela.

CARTAS PERDIDAS PELO CAMINHO

— O seu cabelo! — disse ele.

— Gostou? A Tina me ajudou a voltar para a cor original.

— Sim, você está linda! — sussurrou Alexandre. Júlia sorriu e ele também. Os dois ficaram se encarando, e Júlia sentiu como se o estômago borbulhasse de felicidade. — Vem — disse ele, pegando uma das mãos de Júlia e a levando para perto da água.

Eles pararam próximo a uma parte cercada, com várias palmeiras em vasos gigantes, que serviam para ocultar a festa do resto da praia.

Eles ficaram observando a festa, e Júlia notou que Alexandre não soltara a sua mão.

— Você chegou tem muito tempo?

— Uma hora, mais ou menos. — Ele a olhou e se virou de frente para Júlia. — Acho que nunca te vi morena.

— Você nem sabia quem eu era, antes das cartas.

— Verdade. — Ele balançou a cabeça e tocou em uma mecha do cabelo de Júlia. — Como eu não te notei antes?

— Eu fazia de tudo para ser invisível na faculdade. — Ela deu de ombros.

Alexandre encarou Júlia, e ela percebeu que os olhos dele alternavam entre os seus e sua boca, o que fez o coração dela bater mais rápido.

— Sabe... — sussurrou ele. — Eu não me arrependo de ter encontrado aquelas cartas.

— Nem eu — sussurrou ela, de volta, percebendo Alexandre se aproximar.

— Eu chamei o meu tombo de *O Momento da Epifania*.

Ela riu alto.

— O quê?

— Foi o momento em que a minha vida mudou — disse ele, soltando a mão de Júlia e envolvendo a cintura dela com os braços. — Fico feliz por ter caído na chuva, e ter encontrado a sua carta — disse ele, baixinho, no ouvido dela, fazendo o corpo de Júlia se arrepiar. — E fico feliz por ter insistido.

— Eu também.

Alexandre beijou a bochecha dela e depois seus lábios traçaram um caminho até os de Júlia.

Ela sentiu como se o seu corpo fosse explodir de felicidade, e percebeu que, enquanto Alexandre estivesse ao seu lado, haveria forças para fazer a vida dar certo.

E ela faria de tudo para ser feliz.

A vida que sempre sonhou estava apenas começando.

Oi, Samuca,

Nossa, quanto tempo não falo com você!

Acho que tem o quê? Uns três anos? Puxa, desculpa, amigo, andei sumida, né?

Desculpa, desculpa, desculpa!

Prometo não sumir mais...

Desculpa não ter vindo aqui antes, te contar todas as novidades. É que eu fiquei tão ocupada, minha vida ficou um pouco agitada estes últimos anos. Ok, isso não é desculpa, você é meu melhor amigo. É só que, eu não achei que havia necessidade. Pensei que você pudesse ver tudo daí de cima.

Acho que, talvez, eu tenha me sentido culpada por ter seguido adiante sem você ao meu lado. Mas eu ainda sinto muito a sua falta, juro! Tenho novos amigos, claro, mas ninguém jamais irá te substituir. Você foi, é e sempre será o meu melhor amigo.

Eu sei o que você está pensando: Ahá, ela fala isso, mas tem a Cristina agora.

Samuel, juro, ela é o máximo, mas não é você. E, sim, estou feliz em ter uma grande amiga mulher. Não fique chateado...

É tão estranho, e diferente, e legal ter uma turma de amigos... Sei que a maior parte da turma é de amigos do Alex, mas ele e a Tina são os meus amigos, eu os conheci. Bom, eles me conheceram, né, e vieram atrás. Fico feliz por isto ter acontecido.

Eu e o Alex estamos bem. Mais do que bem. Ele me pediu em casamento ontem, acredita? E, na mesma hora, pensei em você, no quanto queria te contar a minha felicidade. Espero que você consiga me ver daí e sentir o que estou sentindo também.

Vou me formar daqui alguns meses, e aí começo o mestrado no ano que vem. Amo cada vez mais a faculdade, e tudo o que ela representa. Tudo o que ela me trouxe.

E agora eu sei o que você está pensando: nossa, a Júlia chegou até aqui e nem citou o nome dela.

Pois é. E você notou que não uso mais o maiúsculo para falar dela? Sim, estamos fazendo progresso.

Começamos a terapia familiar um pouco depois da conversa com o papai. No começo, foi bem caótico porque ela não queria ir e, quando chegava lá, só ficava criticando e não parava de falar. Na primeira sessão, pensei que tudo se resolveria facilmente porque ela começou a desabafar e não parou mais, só que, quando chegava em casa, a Leonor voltava a ser a mesma de sempre.

Mas aos poucos, parece que a terapia foi funcionando e passamos a conversar e falar sobre sentimentos. Ela falou coisas que me machucaram, eu falei coisas que a machucaram, papai chorava, era um caos.

Só que, agora, já estamos um pouco melhor. Ela vai se casar no meio do ano que vem, acredita? Ela conheceu um cara no trabalho, e não sei como ele aguenta ela, mas aguenta ha ha ha ha ha acho que, com ele, ela é legal.

E a Leonor melhorou muito após a terapia, então talvez, isso tenha ajudado para deixar alguém se aproximar dela.

Ainda não somos melhores amigas, mas conseguimos conviver sem brigar o tempo todo. Ela diminuiu as críticas, e nem falou nada quando a Tina foi lá em casa pela primeira vez. Um progresso!

Papai também está mais atento ao que acontece no nosso apartamento, e mais aberto ao diálogo. As coisas estão tomando um rumo bom, ainda bem.

Então, é isso. Novidades por aqui.

E por aí? Como está tudo?

Saudades

Te amo.

Epílogo

Oi, Samuca,

Sabia que hoje completa cinco anos que te escrevi a primeira carta? Acredita nisto? Cinco anos!

Quanta coisa mudou na minha vida...

O clima lá em casa está mil vezes melhor do que era. Queria tanto que você estivesse aqui para ver.

Você consegue ver, daí onde você está?

Aliás, você nunca voltou para me contar como é aí.

Sabe, agora não faço mais questão de ir te encontrar tão cedo. Não me entenda mal, eu te amo e sinto saudades, é só que... Tudo tem se ajeitado.

Sei que prometi te escrever sempre, mas tenho falhado. Sei que as cartas estão um pouco escassas, mas ainda tenho tentado te enviar uma por mês.

E vamos à novidade do mês: ela está grávida, acredita? Vou ser titia!

Espero que crie a filha melhor do que me criou. Acho que vai. Ela mudou muito desde a terapia, e depois que se casou e, principalmente, desde que descobrira que terá um bebê.

O meu relacionamento com papai está muito bom. Estamos quase virando os Vargas. Ha ha ha ha ha nem tanto.

Bom, mas a maior novidade você já sabe, né? Amanhã eu vou me casar com o Alex. Agora que nossas vidas entraram nos eixos, percebemos que já era hora. Ele havia me pedido em casamento algum tempo atrás, mas eu ainda ia fazer o mestrado, e não tinha dinheiro para casar, que tristeza ha ha ha ha ha aí terminei o mestrado e consegui passar naquele concurso público na Fiocruz, onde o Alex já trabalha...

Enfim... Não vai ter uma festança, nem nada, será uma cerimônia simples, só com a família e os amigos mais próximos.

Usamos o dinheiro da festa para a nossa vida juntos. O trabalho começou há pouco tempo e está ótimo, e eu adoro trabalhar no mesmo lugar que ele, mas uma vida a dois requer alguns planejamentos, e o dinheiro que iríamos gastar no casamento usamos para dar entrada em um apartamento.

Acho que você teria orgulho de como cheguei até aqui. A Dra. Patrícia tem, ela sempre diz isto, o quanto melhorei, cresci e amadureci. Claro que ela é paga para dizer essas coisas, mas é legal ouvir. E sim, continuo com ela, e acho que ficarei com ela até... sei lá quando ha ha.

Então, é isso. Em breve serei uma mulher casada, e irei morar com um cara que não é você.

Quem diria, né?

Te amo, Samuca. Saudades infinitas.

A manhã de sábado estava fresca e nublada, um dia perfeito para um passeio ao ar livre pelo Rio de Janeiro.

A Praça Santos Dumont, no Baixo Gávea já fervilhava de pessoas andando entre os cercadinhos, onde vários animais estavam atentos e com os olhos cheios de esperança.

Júlia observava um filhote, que corria de um lado para o outro, ainda sem ter a noção do que é a vida de um cachorrinho sem família. Ele a encarou, deu um latido fraco e voltou a correr entre os seus irmãos, todos alheios ao que estava acontecendo ao redor.

Ela começou a andar, observando os animais e as pessoas, desejando que todos se encontrassem. Viu Alexandre vindo em sua direção, e seu peito se apertou em expectativa e esperança.

— Pronta? — perguntou Alexandre, se aproximando e segurando a sua mão.

— Sim — respondeu Júlia, com o coração transbordando de felicidade.

— Venha, eles estão esperando.

Alexandre a levou até um grupo de voluntárias, todas usando a camisa da ONG. Uma delas tinha um cachorro nos braços, um vira-lata caramelo, que abanava o rabo e lambia o rosto da voluntária, que ria e falava algo no ouvido do bichinho.

Quando eles pararam próximo ao grupo, a voluntária que segurava o cachorro encarou o casal e sorriu.

— Acho que os seus pais chegaram — disse ela, para o animal, entregando-o para Júlia. — Obrigada por adotar nosso animal mais velho. Os idosos também precisam de um lar.

— Ele será muito amado por nós dois — respondeu ela.

— E paparicado — completou Alexandre.

CARTAS PERDIDAS PELO CAMINHO

Ela o segurou, e logo o cachorro passou a cheirá-la e lambeu seu queixo, arrancando uma risada alta de Júlia.

— Está tudo certo? — perguntou Júlia, para Alexandre.

— Sim. Já assinei os papéis da adoção.

Ela sorriu e beijou a cabeça do bichinho.

— Venha, vamos para casa. Para a sua casa. A nossa casa — sussurrou ela, para o cachorrinho.

Alexandre envolveu a cintura de Júlia e, juntos, caminharam até o carro. Júlia ajeitou o cachorro em uma caminha no banco de trás, olhando o animal com ternura. Alexandre parou ao lado dela.

— Essa é uma ótima maneira de começarmos uma família — disse Alexandre.

— É a maneira perfeita. — Ela se virou e beijou o marido. — Obrigada por ter entrado na minha vida, por ter insistido e não ter desistido de mim.

— Obrigado por ter me deixado fazer parte da sua vida. — Alexandre deu um beijo rápido em Júlia. — Vamos?

Eles entraram no carro e Alexandre deu a partida, em direção ao apartamento dos dois.

Júlia olhava o cachorrinho o tempo todo, que estava deitado, encarando-a com olhos desconfiados e esperançosos.

— Você vai ser muito feliz, Samuca.

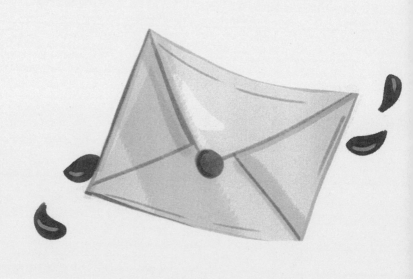

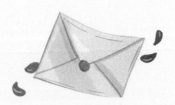

Este livro foi composto pela tipografia Palatino Linotype 12, Angelface 60, Blackjack 13 e Gunny Rewritten 18, no inverno de 2024.